有度文化

重返明天

李郁葱 —— 著

山西出版传媒集团　北岳文艺出版社

·太原·

图书在版编目（CIP）数据

重返明天 / 李郁葱著. — 太原：北岳文艺出版社，
2024.1
ISBN 978-7-5378-6798-6

Ⅰ.①重… Ⅱ.①李… Ⅲ.①诗集－中国－当代
Ⅳ.①I227

中国国家版本馆CIP数据核字（2023）第216144号

重返明天

李郁葱 / 著

出品人
郭文礼

选题策划
左树涛

责任编辑
左树涛

书籍设计
张永文

封面插图
李杭育

印装监制
郭勇

出版发行：山西出版传媒集团·北岳文艺出版社
地址：山西省太原市并州南路57号　邮编：030012
电话：0351-5628696（发行部）　0351-5628688（总编室）
传真：0351-5628680
经销商：新华书店
印刷装订：山西人民印刷有限责任公司

开本：787mm×1092mm　1/32
字数：199千字
印张：9.75
版次：2024年1月第1版
印次：2024年1月山西第1次印刷
书号：ISBN 978-7-5378-6798-6
定价：56.00元

寻找诗的可能

李郁葱

　　在我编完这本三十年自选集的时候，内心是有些矛盾的：在这本诗集里，我把最初五年左右的作品摒弃在外了（也就是那本薄薄的《岁月之光》之前的写作），倒不是出于羞愧，而是一种诗学观念的转变和延续。在这三十年的自选集中，我试图保持一种自我辨识的可能性。它延续了我诗歌写作中的一个方向，除了具有明显的地理标志和呈螺旋式的回声状态外，它们有时清晰，有时混浊，但从 1994 年的初现端倪，一直发展至今。

　　同样，这部诗集的容量，大概是我诗歌写作迄今所有诗作的十分之一左右，在没有纳入其中的大量作品中，有一些是和这部自选集具有一致倾向的文字，有共同的哲学和美学上的考虑，但更多的文字有另外的角度和追求。在已经出版或发表的那些诗作中，它们有些形成了自己的秩序和声音，但是哪怕和这些诗作的气质相通，甚至有部分我非常偏爱，但出于对完整性的把握，依然割舍了。

那么，我想在自选集里展现什么样的风景，或者说，如何在这本书里阐述我的生活经验？它也是我保持诗歌写作可能性的一种尝试，让我从青春年华到知天命之年，在一个时代的辽阔和狭窄中慢慢穿行，我写下了我的所见所思。

"太平静的心，不过是崩溃 / 太狂热的梦，不过是麻木 / 我来到，又好像从未来过 / 是什么赋予了漫长的回首——/ 不动声色的猛兽，模糊的巨像 / 它要掩饰的花园 / 它要咆哮的时刻：我 / 转过身，每当我发出自己的声音 / 是什么穿过了我，像 / 天空，穿过一池静静的水洼？" 这是写于1996年的《睡与醒》中的一节，当时应该是发表于《山花》的某一期，之后收入了我一本没有公开出版的诗集。那一本诗集《风景的证明》由诗人韩高琦编选，也由他自费印刷，有很多我自己喜欢的诗。因为已经结集，在后来公开出版的诗集中，我没有再收入那些诗。当我再次阅读这首诗的时候，我惊讶于它对我自身的定位和预言，毕竟那个时候，我二十五岁，能够称之为风华正茂，有一头浓密得雄心勃勃的长发。时间就和头发一样脱落了，某种意义上的雄心也是，像叶芝所感慨的：随时间而来的，是智慧和衰老。

在这里可以说下我对诗艺的理解：它是一种延续性的，对个人而言，并不会有本质的改变。我们对于语言的处理、意象的运用，或者思想的沉浸，无论你学会了多少纯粹的技巧，无论你在修辞中掩饰得多好，它总是很安静地在那里，不离不弃。

通常，我们把它称呼为天赋。天赋既好又坏，它是判断一位诗人的标准，也很容易被误导。当说一位诗人有天赋的时候，可以当作是某种温和的赞美，也可以听出一些弦外之音。

和大多数诗人一样，在写作之初我并没有找到自己合适的声音，受当时流行诗歌的影响比较多，比如青春写作等，但依然有那种学习带来的益处。而一旦有了自己的美学意识，会猛然发现那种写作对于自身的不可靠，但往往我们会事与愿违：你知道这中间的差距，却找不到跨越的方法。而这，大抵会在漫长的写作中逐渐显现出来，包括写作者的浅薄和自我的重复。现在回头去看，如果写作的时间足够长，便会有无数一遍又一遍打磨出来的文字，尽管它们浮现出来各种面貌，但写作者内心明白，自己一直在絮絮叨叨自己对这个世界的定义。

写作者其实就是缺席者。在很多年以后的 2022 年，我才理所当然地察觉到这种缺席，并能够坦然承认这一点，在《采野菜考》中我这样写：

沟渠之水能够洗涤它吗？咫尺的泥土
能够恢复这尘埃里微弱的咆哮
一部分的它来到我所缺席的生活
采摘，为了空出大地，空出我们自己

在这个漫长的时间中，我所经历过那么多：工作、生活、情感……而这些综合在一起，构成了长长短短的诗行。它们替代了我对生活的表述，是一种自白。甚至于在某些阶段，当我厌倦写作而去做别的有趣之事的时候，诗依然在暗中蛰伏着。这种情绪，或者可用弗里斯特的诗句来说，是写给世界的情书。

公正地说，要做到这些并不难，难的在于自己的这种表述是否被接受。大多数诗人往往会被自己的天赋浪费，也有些诗人，会背离自己的天赋，最终变得一无是处。如果能够清醒认识到这一点，那么在抵达风景的过程中，可能会少走很多的弯路，可惜我们多数时候是无法意识到这一点的。本质上，多数写作者会遵从一种约定的传统：取悦公众（尽管有时是少数）。

只有极少数人会例外，会说，其实我们还能够去发现，或引导读者去发现。在一些我们所服膺并诵读过的诗篇那里，我们可以找到诗的这种品质，比如李白和苏东坡的大部分作品。

对多数诗人来说，即使是那些好的诗人，诗从来没有被写出过，他们只是在发现中说出自己的态度：他们发现了更多的可能，而这，正是诗的意义，和诗作为一门古老的技艺在当代的价值。

> 它是风景的开阔？薄如蝉翼的生鱼片
> 因为它的加持却变得如此厚重
> 轻和重，能够把一座大海披覆下来

这微蓝的调料。配角。主演的出场
光彩熠熠，三文鱼、金枪鱼、象鼻蚌……
它俯瞰于一种大海的广袤：针尖的眩晕

如果我们集中于这样的
拼贴，花样翻新的舞台，掩盖了
海风隐约的腥味：和我们交换这狂暴

　　写于2023年的《芥末》，让我找到了广袤和微小、轻盈和沉重、温柔和狂暴之间的对立和统一。我找到了一种可能性，它是复杂的，但它也可以表现得很纯澈，如果你有足够的兴趣和内心，去探究诗人所走的某一段路。
　　对诗的个人理解，决定了我们写作的宽度和广度：我们总是急匆匆的，在毫无准备中出发，然后在不断纠正中抵达。

2023 年 8 月 23 日

目录

第三辑　对一场雨的两种解释
（2006—2014 年）

第四辑　晨昏别册
（2015—2019 年）

第五辑　沉默的眼睛
（2020—2023 年）

第一辑　七月的旅行

（1994—1999 年）

随风而逝

飘去，那些随风的容颜

我仍不能留住的夏日和群山

宛如洗过身的女人

背转了脸：但抓不住一点自己的土地

这是在大树内部焚烧着的汁液

在每个凌晨的伤口上

精气十足。一只鸟啁啾着消逝于空中

1994 年 9 月 27 日

紫云英

如此一大片一大片的，在我的下午
那么多年它闪耀、流泻
恍如一个梦境、一种消息
萦绕晕眩的心，舒缓而晴朗

它繁茂摇曳
这些风中的铃铛，它会如何响？
是什么响成一派紫色
比血还浓？它会如何归来
展开如踏青的足，无视于衰颓？

在这下午，我远望
一切并不深邃，也不尖锐
在平原上，只是闲暇里的锦绣
浮世里的草：它紫，却不是最深；
它红，但并非惊艳——
它细密、纤弱，总是被刈倒

在我们身后，仿佛掏空了的灯

为什么我会有这种念头？
我燃烧，别人举着他的面孔
惊异走来：任何一个人群深处的人
难道都像这紫云英
朴实、沉默，充满下午的光泽？

我早已过渡到这样的下午
外表冷漠内心狂躁。我早已被一阵风
可怕地吹透。体内的吼叫比往日更甚
但我抑制住它
用更长久的渴望和希冀

因为我熟谙春天，但夏季还远：
风上走动的人，没有人
会把你们挽留，会轻易转过身
承认生命里的努力
当任何恒久的都来源于春天

一阵风就要吹散我的身体
另一阵风就会把它稳住：
它会比我更长久
当我穿过这一大片午后的原野
凝视中，我体内焦灼着拍打双翼的是什么？

1994 年 12 月 28 日

像碑一样

那种逶迤，已经残缺的萤火
它照不到今天：昨日的时间和长廊
在曲折的黑暗里，它点燃
一个多病而咳嗽的人
当屋檐退向阴沉，他负手走过长夜
把瓦上积霜的微响容纳。

他在镜中看清了前途
像月亮收割着旷野，留不下痕迹
——那张模模糊糊的脸
多年来浮现在一刹那，夏季溶化了
放肆又残酷的叫喊
因为一切不再转移，他已经成为另一个
在别人的嘴里再次出现

他是谁？几条分叉的小径；
如落叶扫污泥，一种窥测
我们走过后，落叶更深地腐烂
落叶映出了他

那张欲说还休的嘴，那双
抓着风的手。风把我们带向未来

未来不过是另一片草地，另一次沉迷
但我们已经睡下，
当燕子重复春天永远的舞台
我们也不会激动、喧哗，高声地朗诵
好像生命是一次积极的挥霍
好像肉体是一匹忠诚的猎狗

因为我还在指点，还在忙碌
街道穿梭过胸口，因为我
对着人群活，我想我成了其中的笔画
那么熟悉的气息让人热泪盈眶
忍不住离开：因为我还在这里。

1995 年 3 月 21 日

鹦　鹉

有什么值得记忆？
它喋喋着，似乎又一天过去
狭长的黄昏让我们邂逅
它虚拟了一个现实：

说出来，
鹰一样愤怒的心，燃烧着
当它有一个欲望
已化为我们的尴尬
尖锐的质询，飞雪一样的素描
吼叫着，如它警惕地注视

在我们之间，如夭矫的闪电
耀照我们浮动的手势
我们的神情滑落到水下
我们慢慢失去了的谈话
我们的耐心和我们的张望
在它的掌握中，我们有一知半解的自信

它并不飞走，笼罩我们梦幻中的惊恐。

是什么在它的深藏里？
仿佛它是一座桥：我们
对未知的那一部分的渴望
因为它带来了镜子的流动：模拟的
头脑，和华丽的外表
但不可信，不像我们对自己的触摸

它不飞走。
在我们之中，偶尔闪烁着
我们驯养了它又把自己释放
当一切在不知不觉中到来

1996 年 9 月 2 日

鸟

飞动着，也许仅仅是一种愿望
在沉溺和战栗中
这姿势便是叫喊，岁月里的陡坡
约束向上抬起的视线

我是一个晚归的男人。满脸
疲惫，但不是憔悴。我推门
看见它，显然倦于天空的追问
当它的翅膀向下夺拉，它割裂了

我们生命里的联系：似乎是
幽暗的火，小小的，一吹就灭
它的漂浮同样是一种疑问
它孕育了什么？它为什么要飞动？

这模拟的向上的气流
我秘密生命里的旋涡，假如
攥紧了拳头。一个人在牌局里的输赢
一个人在十字路口被短促地拒绝

难道拒绝着的便是这转移
光的斑驳，影的号角，从真实
融入虚假：放纵的
莫非仅仅是天空的惩罚？

现在我已经不再回答
我回家，我工作，我休息——
画纸上的鸟向我俯冲，内心的山峰
勾勒出何等的天空！

1997 年 5 月 2 日

在路上

"还有多少时间？""雨落在路基上
像跳着舞的小精灵，雨深深地
打动了我。""还有多少时间？"
"我听到雨在改变，犹如爱的倾注
为什么它或大或小，约束我们的谈话？"
"还有多少时间？""从前，我有过
阳光灿烂的旅行，阳光如叫喊
出自肺腑，假若你看到自己的形象。"
"还有多少时间？""你看，雨落在水坑里
溅起一个个水泡，和我们一样转瞬即逝。"
"还有多少时间？""我知道你累了，
但你看看雨，看看雨翅膀一样滑过这些山、
这夏季、这个枯燥的日子；你看看
那象群一样的云层……""还有多少
时间？""……""还有多少时间？"
"是什么朝我们奔来，践踏着我们的
躯体，当山峰像乳房，向下
抓住我们，什么才是我们？""还有多少
时间？""我们的精华雨一样流逝，雨

一样渗透，雨一样勾勒这个世界。"

"还有多少时间？""这路途似乎是
一种旋律。雨是一个醉汉，可能
你这样认为。""还有多少时间？"

"当车轮重复着车轮，当岁月复印着
岁月，我不知不觉感染了你的忧悒。"

"还有多少时间？""比一首歌要长，
比一个梦要远，因为歌和梦总在一起，
现在却是真实的。""还有多少时间？"

"假若你需要我，就抱紧我和我
那缺乏热情的手臂，我们在旅行中。"

"还有多少时间？""和出发时
一样漫长，难道你不觉得吗？
当选择的时机错过，我们就必须忍受。"

"像风总在雨里，风总在跑动着，成为
他自己的一生，你知不知道风的挣扎
当他摆脱不了奔跑，……"

"还有多少时间？"
"但不如看看那彩虹，在雨后的原野上
它吮吸着我们。听我说，还不如看看
那彩虹，胜过你喋喋不休地追问"

1998 年 3 月 7 日

七月的旅行

风俗人情里的另一种奢侈

当空调烦冗中鸣叫

他黯淡的脸、技巧的双手……

散发着苍蝇的光泽：

一个空中蜃楼的人

隐去了他的热情和姓氏

他说，从一种遥远走向另一种遥远

多么恍惚而不确定

而这正是生活，裸到胸际的

晚礼服，掩饰出一种慌张

在人群中，异乡的他

见证着沉默。一如波浪汹涌

防护堤被白蚁细小地啃噬……

哦，卑微的痛楚

和欲望所攻击的绿色植物

都盛开在他的血液里

那脸上的阴影，也

可以说是栅栏，正被无数个人改写：

微微发着热，渴望并不存在的土地

他已经旅行多年

1998 年 8 月 7 日

过　渡

渐渐变旧，用着的东西，一点点
像是老调重弹。用着的东西
日渐疏远，当熟悉的事物
仿佛一个梦幻，
谁把他的阴影留在身后？
用着的东西，渐渐没有耐心

明天是无数次迟疑的回答
楼梯盘旋向黑暗
抱怨和燃烧，白了头的青春
流完了的身体
所有积蓄的都值得挥霍
有人这样说，今天还是新的

1998 年 9 月 2 日

沙　漏

这一缕低沉的倾诉，它循环

细微的摩擦里

犹如一种光泽，平淡，但清晰可闻

它不断流动着：

当冬日的树

有一种稀疏的美。时间

也曾经这样咆哮，软化了的

时间，亮开了内脏

时间是一只怪兽的阴影

在我们的脸上，它认出了

那熟悉的遗址：它无所不在

控制我们的只是一种局限

比如说出走的脾气

少年时对躯体的渴望；比如说

一张地图，我曾经的旅行……

但一切再无法确认

那条通往记忆的路。它流动着，

能够这样，从这一端到那一端

接着返回，而我们被分割
又在复原中，一次次寻找自己
带着不真实的迷惘

1998 年 12 月 12 日

冬　天

是什么在细小中颤抖？犹如
不知名昆虫的翅羽，在憔悴的草叶里
流动着过去，放纵和歌唱
它们曾经沉浸。而草叶干枯，瘦瘦的轮廓
在风中，削出了生命的阴影

谁的地址？谁的证件？谁的耐心？
谁的生活在眺望中雕塑？
转身可以漫不经心，但我们
彼此拥抱，似乎这样就能互相取暖
我们把疯狂界定为日子的空虚

仿佛眼睑下那不经意的黑晕
通往无眠之夜的执照，我们取得，
而我们陷入了深深的内疚：
那不能克服的悔恨之情，为我们已经度过的
岁月。我信手把昆虫喂给鸣啭着的画眉

1998 年 12 月 20 日

听涧水潺潺

蜿蜒地流动，犹如一种态度
我们不自觉地左右了这个季节

"昨晚梦里在酸痛，以及
节制着地宣泄。"水声潺潺，假如

我们是那俯视中的飞鸟，抄袭
鹅卵石精致的喉咙，我们承担了

时间里共同的转身。黑暗
是一帧肖像，让人有出奇的耐心

凝视变得隐隐约约，幽暗中
那突然到来的野兽和鱼群

不合时宜的主题：一个人
如何洗干净他的足迹？隐匿着的

冲动，光阴成就了灰烬

我们把玩着的和我们最终放弃了的

是那些曲折，那些汇聚而成的可能
那些大自然的铃铛警告着

我们的栅栏，我们的乌云……
我们仅仅出于抵抗而被内心的洪水

所冲刷："石头映出了炫耀的
脸庞，而我们一如既往地流失。"

1999 年 7 月 4 日

蝉

幻听的舞者，蒙蔽了它的

双耳：寸尺间又是谁的距离？

未遂的疲倦，削弱的白昼

懒洋洋的人正把疾病眺望

而它期冀着、渴望着

仿佛一场暴雨就会让旧的秩序

崩溃：它，枯燥的喉咙

正适合这季节的问候

歌唱者相互间模仿，是形式

也是那事物的表情：

最聒噪的也许早已聋去

最清明的恰恰瞎了双眼

它，世界里的乐观者，蜕去了

泥腥气的外衣，从土地飞上了天空

是时间，宽容了云彩的变幻

又被深深地约束：谁把它觊觎？

1999 年 7 月 4 日

采蕨者说

沿着那沙砾或者岩石，它衍生
如我们时时产生的想法
不那么高贵，却到处都是，流动着
时时湮没我们的生活

总有一些值得开始的，在这山的
腹部，我独自一人，远远地
走上一会儿。体内却朗诵着
那漏去的时光：生命是一种记忆

当蝴蝶召唤来宁静，谁遗忘？
退缩到原始的植物，在裸露地带
雄性动物的冲动抵抗着黑暗
而暗哑的夜色，修剪了我的不安

依然摇曳，在稀薄而锋利的空气里
倾听溪水的宣泄：它流淌
以秘密地渗透汇聚着浩荡
这多雾时刻的光阴，我折断

并让它成为一盘菜，无足轻重
但在风趣的谈吐中被挥霍
悄悄转换成身体的一部分
暗暗渴望着自然，风也吹得更远

1999 年 8 月 5 日

大马戏团

一

我们身体的帐篷，在不出声的节日里

我们是自己的流动：听到

那些喧哗和刻意的鼓掌，我们被

自己所迷惑，光荣来自优伶的舞姿

扩音器掩饰了更多寂寞的心。

穿插在人群中的小贩，廉价的异国情调

——对于陌生我有着自己的理解

礼貌的拍手，以及愚蠢的等待

当我俯首眺望自己的旅行：那披着狮皮的、

那迈着虎步的……那与众不同的已经上场

每一个都有自己的动作：人是人的面具

二

"总得有个逗乐的。"作为演出的惯例

他被称之为丑角，或者小丑：这滑稽的

模仿，像一面深深的镜子，他是我们的佝偻

他概括，也许他加倍地表演

只是一个奉献的心愿。他夸张，以动作的阴影暗示着我们，风暴来自日常的场景——

他宣泄了笑声：笑声如潮，淹没

那恍惚的人群，他们不知何谓的欢乐

把欢乐当作暴雨一样鞭策

而他在我们的边缘，或者就是我们自己

影子吓唬着我们：面具下他是谁？

三

激动人心的时刻，像萨克斯缓慢的节奏

紧身衣似乎束缚了我们的思考？

的确，旁观者暧昧的视线

为妙龄女郎的失误而惊呼，但那是被设计的

如同虎像猫一样鞠躬，鸡像鹰一样

飞翔：我们早已被彩排，在一再的重复中

又被梦魇中的食物所驱使

我们被体内的镜子眩晕着，陷入

深深的陶醉。我们是谁？在这虚荣的、

在这声音里过渡着的夜晚

我们像纸一样薄：人就是一个概念

四

高空，一如沙漠无法把握。那身影

被他们削出：这群墨西哥人，操着

我们不懂的语言，明朗的表情、神秘的眼神

快乐是一根燃火线，它绳量着

我们并不彻底的失败，"飞，一直是我的

渴望"，当肉体暗暗接近着，肉体

是一种诱惑：弯曲，但尖锐。这些

看起来自由地凸现，让我想起

年轻时对美貌的觊觎：如今我已成婚

流连于床笫和温柔，冲动在一点一滴地流失

我把它看作年轻时的晃动，和他们一样大声叫

五

于是她们来了，这些兜售者，活跃的姿态

和斑斓的舞步：空气里充满了火药

这气息不知不觉中荡漾，青春的兜售者

给梦想加了速，谁给了她们翅羽

那么剔透的技艺，那么蛊惑的身体

那么一闪犹如我们流逝的光阴——

她们是谁，风情万种的异族人，渴求于

另一种欲望，她们一样被展开、被煎熬

被时间纺织成又老又丑的风

她们一代代相传：迷惑于人

又被人彻底迷惑着，她们舞得更加起劲

六

悲哀，是今天的主角，因它们被驯服着

它们失去了土地的痕迹：思想的傀儡

无非令人惊讶，难道它们羡慕于鞭策

那时刻撞击着我们灵魂的晦暝？

它们低低地走动，仿佛密云不雨的年代

可以当作是狂欢：它们

辨别着焦虑，在更加遥远的地方

它们是把自己挥霍，似乎是一件礼物

恐惧是真实的，在我们颤抖的

细小的血管里：恐惧放纵着、传染着

另一片风景正把我们感染，它们是谁？

七

看看场下的人，这些如痴如醉者；

壁立着的陡峭的夜晚，这些旁观的人；

看不见的绳索正维持着我们

这些窥视者：他们舔到了生活的蜜吗？

他们是谁？疑惑闪耀，当低低的面容

像一把弓，他们呜咽的风景正把四季扩展

他们是涟漪的表面，他们的尽头

被一盏灯所笼罩：像一些扑火的

飞蛾，翩跹着，把琐碎通过了喇叭

他们迷失于身体的长廊

因此他们看着：他们是窃窃私语的神

八

尖叫吧，我们败絮般的胃口里

正有穿堂风阴沉地吹送：我们可以接受

——庸俗，正如通常的戏剧，

一日又一日的肥皂剧，

一封信送错了地址，是一个人

置身于异国。抵达我们的，通常只是转了身

这彬彬有礼的魔术师，他优雅的举止

绅士一样的微笑。他谦逊着，给一只鸽子

插上了四对翅羽，他抓住了

虚空中的光。我们幻想中所赠予的

就是这样的误会：留心于每一个细节

九

曲终人散：风留下它的形状，夜晚

吹开它的影子，它有它的生命能够谛听

疯狂的钟表，假如

有与众不同的另一个到来者

像喇叭中被扩大了的。那隐形者

在退潮的人群中，他的腔调

是谁的腔调？他的孤寂，是谁的孤寂？

他把夜晚恢复，一个平常的夜晚

我们寻找这说话的人、这撒野的人

沙漠又如何弥漫？干旱了的又是谁？

我们匆促的样子，也许有另一个可能

1999 年 11 月 7 日

第二辑 一夕谈

（2000—2005 年）

蛋

一

这奇异的椭圆，像是礼物
在繁殖的气息里，它踮着足：

这些细微的，或是那些引起误解的
生命的规则，如同时光的阴影

用脚行走是我们的秘密
它带来了其他的夜晚。它筛选出

命运里的倾斜，它宽大的羽翼
仿佛子宫庇护着小小的恩赐

它忍受了交媾：在我们的餐桌上
它的狂喜被盲目所牺牲——

二

我们要找到它，如无法避免的
疾病：在它狭小而自足的季节里

它延续了一个传统。老调重弹
这挥霍着的被进一步诠释

因为它引颈泊向曲折的光
它的眺望是另一阵风，平静、脆弱

但不堪一击，在漫长中深深挖掘
它的未来和今天没有分别

而我又看到了，它雕琢着
继承那错误和镜子里的虚火

三
它是礼貌的，也许是拒绝
以流水般的流畅证明着缄默

它的嘴唇是不出声的热情，它的深度
是无法触及的偶然。它改变了

"苍蝇不叮无缝的蛋。"有条件的
纯洁，假如充满活力的只是虚掷

它卧在我的手心，微不足道，又有

淡淡的温暖。它从容，这一瞬间

我几乎把它放弃：它是一枚蛋

和另一枚相似，而我如何把它们辨别？

2000 年 4 月 23 日

洇：给儿子

一

蒙昧中哭，那饥饿找到了你
本能的嘴，一往情深地簇拥着
你吮吸：皱纹展开如同地图
你一生的旅程正在开始
现在你是起点，但不知走向何方——

如同我们的影子。你的到来
并不出奇（在妇产科长长的走廊里
你的啼哭被更多的哭声淹没
像一滴水之于大海。）但我们
认出了你，小小躯体里流动着的血

洇：滋润。清晨的脸庞
赋予你一个称呼，驱散我体内
厌世的驿站，和些许的倦怠
我把那乌云认作暴力，那
更可能如我的镜子：雨已经到来

二

雨总是无声无息，如猛兽的素描

季节被它所勾勒，眩晕

是暂时的：啼哭，抑或微微一笑，眼睛

凝视着莫名的地方，生命

是一种秘密，说出来的时候我们

孕育了你：因此你是一种气候

循环犹如不变的过程

在这一刻你被确认，而日子是

另一次诠释，你娇嫩的皮肤

和我们紧紧相贴，悲哀攫持了我

有一天，你也会如我们般粗糙

承受来自夏日阳光里的阴影：

在斑驳中灼热，在失落里麻木

有一天你是另外的栅栏……

深谙被约束的时光：你渴望飞翔

三

盲目地寻找，一生要通往谁的地址？

当诞生之日脱去了翅膀

你要学习脚踏实地地走：似曾相识的

气息，你的小手在空气中攥紧
似乎告诉我一个答案，那暴躁的

野兽，正悄悄成长于你的身体
你也许继承了我：我们控制它吧
脾气渐渐积淀，是我们描绘了它
——我们的光阴绝非天使
但并不可怕，晃动着，犹如深不可测的

未来：小心翼翼地打量
如最初的目光充满了好奇，透过
空气中的尘埃，生活
是冒昧的打扰，接着让你欣喜
又被深深地接纳：你就是那个人

2000 年 8 月 1 日—8 月 14 日

而立之年

一

风格来源于经验，走动着
把日子披在双肩。似乎是一种表达
听得太多便拒绝去听
就像朋友已经足够，狭小的圈子
更多的而是疏于联系
这样指指点点着，谁，让邮箱的钥匙

生锈？悬浮着，一个人
有自己的祖国，那肉体安静的一侧
用宽带的速度去窥视
用时代的焦躁恍惚着：
熟悉的词、熟悉的地址，陌生人
让人吃惊，能不改变尽量不变化

二

"年龄并不意味着成熟，新人类
催促着他们的接班。"迫不及待的喉咙

述说夜色如晦：草莓喷上了
催熟剂，春天令人突然的早

他们津津乐道着，生命是
一种理想。四岁和四十岁有什么

区别？和身高一样
差别在于我们取得了一种平衡

透过指缝看世界，这是
我儿子的把戏，他有他的方式

我早已忘记：正是这一点
这个暖冬有人被虚假地催眠

三
絮絮叨叨的幸福，我的情怀
正是小家子的局限：
看，不屑于才华的炫耀，却被
荣誉束缚。酒精烧着了我的冬天
一个安全的，能够眺望田野的窗口
打退了我的恐高症
最盲目的也许是奇迹。雪，在夜晚

悄悄飘落，我们一无所知
懵懂过于透彻，江南再没有大雪了

四

总有精心的布局，像一本书的
装帧。多年前，回忆催促着我们
对一生有素描一样的渴望
越来越潦草。弹指越过了脸上的滂沱

动辄的愤怒不再有：我
放过了一个理由。
不值得解释。
我身体里的那个人越来越模糊

他的消磨是我的尖锐
他的脾气是我的酒意。"你
开始胖了。"多年后，人群中
有这样的声音。我儿子欣喜于正确的发音

正如我欣喜于声音里的责任。

五

三十而立：萦绕着云的色彩

虚无给予我束缚了的喉咙

当我接受草坪的邀请

中年的表情追逐着衰老。一日又一日

那陡峭在我体内构筑了

新的建筑。变化，或者如

既往的灌溉，我体会着季节

削薄了的脚踝，它站得稳稳的

像一只鹰的晴朗，一只鹰

述说沉默的真谛，却用它叫声里的

笼罩：一个平常的早晨它造访了我

2001 年 6 月 28 日

演唱会入场券

精致是印刷术的进步。它还在我的手边
但日期得往前追溯，也就是说
它已经发生过。歌星
光临过本城，留下了那些谈资，津津乐道的
消息，像一个揶揄
"惹火的身材令人着迷，她的笑
把我带入了梦……"我有幸认识她的
前邻居，他吞吞吐吐，讳莫如深

"她曾经离我就那么近。"他在不经意中
透露了小小的得意。是的，她，
我们每天都见面，一遍遍向我们
舞动她的风情。中年男人的白日梦
熟谙于夜晚，狂欢隔着一页
菲薄的纸，同一张的面容
也切换在频道与频道之间：她
获得了记忆里的永恒，一个时代的

美人，是这个时代的钙，这个时代的

贫血，或者是这个时代的加速度。

十六岁时，我钟情于那不一样的风格

但相对的两者奇迹般地融合了

一个男人勇敢的梦，是凌晨时分

镜子里的驰骋。为什么会有朦胧的

光线，让人想起少年时羞怯的梦

这是进步：欣赏，并且坦然地说出——

她熠熠于台上，波浪起伏的观众席

波浪起伏于他们的内心，她掀起的高潮

比如说一场球赛，让我们

延宕的理由，是因为值得期待：

时间延长了，但入场券已经失效，这是

真实的，因为这如梦。"从前

她是个平常的人。"他依然喋喋不休着

她塑造了一个梦想，浮浅、短暂，但是是梦想

2001 年 10 月 19 日

一夕谈

一

说点什么吧，既然这样坐着
而夜色像一条狗紧紧追随着
提醒我们生活的会是什么？啤酒
或者是茶，虚无的另一只手
隐隐约约的脸和声音
我可以指出，同样也能够沉默

的确，预期的开始里
时间是一种制约。我们这样侃侃
隔着多年的光阴
假如月光刺绣了你的声音
让朗诵变得滔滔：秋夜静坐
骤然有雪意片片飘坠

二

"如雾，一个山谷的清澈
鸟一样婉转。每一天
都是新的……" "如雾，走来了

别的日子，老生常谈的犹豫……"

"夜晚展开如你，清新的
满月，暗示着另一次缺陷。"
"夜晚循环，月亮让我成了
三人，荏苒飘舞于别的喉咙。"

三
我已经这样说出，霜迹里的
钟鼎，或如来世的张望：
一墙之隔，有人好梦正酣
而我有着别致的冲动——
摸到谁滚烫的热泪，忐忑
似乎是徘徊，那暗自地期许

是什么从我未走的路上走来？

2001 年 11 月 26 日

火山口

他害怕高度，正如有人害怕海洋

那延展中的像是收缩的皮肤

预示韶华的流逝。是什么

在暗中酝酿？是什么

默默积淀？一丝细微的战栗

足以让人神往：

火山口上，隐雷竖起散步人的心

它沉睡着，许多年了

也许不再醒来，像童年画册上的巨人

一种遥远的触摸

是苔迹，虫豸的遗蜕……它们

全部是火，是焚烧，是不顾一切的

爱，但现在冷却了

在我们漫不经心的谈论中

隐匿于书房深处的国家地理

或许能找到这一章节。

若干年后

我将告诉我孩子这常识

火是一种态度，接近它

需要谨慎：别在危险的地方居住

他害怕呼啸，正如他害怕高度
风和日丽的日子正好远足

2002 年 1 月 7 日

去上海

双休日的购物天堂? 或者。那一条步行街
让我精疲力竭,而你是如此兴致盎然
这是天性。男人和女人的差异
像我着迷于酒后的倾谈,阳光中的
疲惫形象,在儿子的身上得到童年的
启发:风遗留了我们。但你
倾心于那些忙碌的门,它们的邀请
它们的声音……勾勒了我们生活的大多数
为什么会有这么大的热情,从一地
来到另一地,打心眼讨厌他们的腔调
地理学的保守无法掩饰
对璀璨夜景的赞叹。恍惚着的午后天堂
说起我醉了的那一次:遥远的
朋友,和更加遥远的在磨损中反复的记忆
从一个城市听到另一个城市的孤独
从我的蠢行里听到隐藏的美德
——发现是艺术,就像在换季打折的服饰里
准备下一年的时尚。这狂热的消费者的
队伍里,偶尔我们撞着了另一个人

似曾相识的道歉，似曾相识的声音……

我记得，在这一天的剩余时光里

我们购买了彩票而它们最终成为废纸

2002 年 4 月 3 日

花鸟市场

羡慕成为你的营养，我们拜访过的
那位夫人：优雅、矜持，操弄花木
如同修剪自己的人生。你说
一种生活来源于我们的内心
一种热爱在于执着的美
对于这座市场你有自己的理解
正如我们的儿子，他和鱼、乌龟、蜥蜴……
交谈，把兔子请进了家门
——自然是一件紧身衣
它束缚着品尝的人。你是自信的
在这些气息里徜徉，爱并不出奇
对于她，你虚构了一条臆想的路
　"即使你说的都是真的，这安详
足以补偿她早年的坎坷。"你
酝酿了这情绪，忽略着暴风雨
因为她向你兜售了人生的经验
　"闻起来香，尝一下却苦。"我
告诉你这真相，在虚饰的面具下
有着真实的光泽："鸟

被囚在笼里，花有自己的伤口

当它截断后插入花瓶⋯⋯"

市场的经济学调整了它们的情调

2002 年 4 月 9 日—4 月 10 日

石斑鱼

一

垂钓的引诱在于它的狡猾。这很困难
在海滨，风承认一个寒冷的季节
把大多数客人赶出了度假屋
夏日他们曾一片喧腾，无论从东边走过
还是来自西方，他们制造一致的风景
诸如浴场、多汁的鲍鱼……和美容院
暧昧的电话提示。它们一脸蠢相
在餐厅一角，试图游进那永恒的玻璃
而之后成为盘中的美餐：
"它让我品尝到大海丰腴的性感之舞
经舌头传递来暴雨的秘密。"的确
它的美味来自肉食动物的贪婪
食物链的小小一环。它潜伏在深处
考验他们的耐心和技巧，犹如那备注
见缝插针地出现在报纸中缝
谁拥有这样的喉咙，在这一季的开始？

二

一个意外：以为它已经死去。不远处

一只死蟹，而它活着，散漫地倚着岩壁

像睡眠偏执的阴影。我抓住了它

细小的沙粒守候着潮汐

它被抛弃。一开始我想把它

带回城市，仿佛大海浓缩了的景色

最终它回到了大海，无知愚昧

但活着，高傲得不屑于一次次挣扎

安静的生活是否已让我有淡淡的倦怠

在黑暗的沙滩上倾听大海的起伏

三

执着于它那昂贵的侧影，气囊

静静吐出。"吹大了的鱼泡泡。"儿童时代的

把戏，在一个着迷了的夜晚留恋着风

它游来，这个孤寂夜晚的礼物

犹如清晨渔妇铲子里的牡蛎

赤裸、新鲜，处女般地挑逗着味蕾：

"上一次这度假村尚未建造。"一个声音

吮吸着原始的沙滩，和沙漠多么

近似。我们来，赞美或者指点，晨曦

像一台抽干了的水泵，而鸥鸟

迅捷寻觅着食物。征服的欲望

总是无处不在，像一支又一支的军队

被遥远的命运驱遣着。记住它

孤单的游姿，在我的身体里

大海已进入休渔期。我忍住又一次的冲动

2002 年 10 月 28 日—11 月 8 日

鬼

我有太多的形状
出于想象和模仿。他们
写到了纸里，却画在心上
因为殊途，我从未揣测过
——人，究竟有什么样的
灵魂？而他们
猜忌着我，魑魅魍魉
化作了一溜风儿
他们的影子，像是自己的尾巴
谁能够踩到他的肩膀？
他们热衷于这虚饰
把面具给了我。我想是
他们怕，或者爱，其实
我并不存在，我在他们的身体里
成为一声尖叫
但他们陷入了深深的困惑：
是什么在他们未知的地方
怀疑？日子如影随形
我随着晨曦前来造访

2002 年 10 月 11 日

蚂蚁的声音

无非在踏雪的途中，你爱上了
草地：开始有一点犹豫
像是对事物的认识
草地之下，那藏着的是什么——

蚂蚁，抖动着
用它敏感的肢体
对我它有无法企及的耐心
寻找这无知的欢乐

它是潦草的，
太弱小以至于放弃
忽略了的大多数，它的前进
迂回着表达曲折的喧哗

厚重的铠甲是否能给予眺望的
帐篷？相似的面目
告诉你它们仅仅是一个概念
但它们活着，小心翼翼又

一丝不苟：这本能中的态度
犹如爱的气候——
现在你穿过这片草地
蒙昧于它们的声音

你倾听，但一如既往的失去
这隐秘之间你不能握住
在麻木的、单调的、冗长中的
这一天：你们同样有消融着的长度

2003 年 2 月 20 日

风景的证明

欺骗在于我们的距离。我

认为它是美的：景色宜人，气候适宜

不菲的消费保证了它的品质

它在那里，像天文望远镜里的月亮

孤单地传播一个时代的

贡献。那些被消耗了的，那些

被损害了的……风景能让

一个人痛哭，值得一去再去？

无法告诉它我能待多久

旅行的季节，允诺易手后的价值

永恒于那纯粹的静止

我们来到，在消融的夏季

更加消融：俯身向它，阴影喊着

一段在小鸟尖喙里的闲暇

风景并不承担这责任

它在，但并不慰藉

像溪流汇聚

然后不置可否

溪流向我们炫耀明净的天空

如一个嗜食的人，医院

提供了他的侧影：

斟酌着、沉默着，而石阶向下

延伸我们期待中的荫凉

这景色允许了一个假期

告别：当我们相册的记录溅起波澜

2003 年 2 月 22 日

云

虚无挽着它的裤脚，在
悠然的下午
它删去了阳光
改变我们的谈话
它是一个姿态，像滂沱降临

但是却不。它悠荡着
反反复复，一个演绎的时代
即兴发挥着短讯
幽默、调侃，耀照一张悲哀的脸
向大地：再见

它是大地上升着的一日
过于轻，它被定义为无
过于重，它就虚化成雨
它有咳嗽的小喉咙
被他们提到了警戒线

2003 年 4 月 25 日

钓小龙虾所需要的技巧

并不总有奇迹的到来：在五月
一个友人向你倾诉他的烦恼
另一个开着他新买的小车
前来赴约……总得发生一些改变
和往年有所不同，扩散中的消息
让我们再度孤独。这一月
和平常一样，对于我，对于你，或者
更平淡，更要有所耐心——

（找来一根竹竿，一段线
和速冻箱里的一坨猪肉
带上三岁的儿子、红色的水桶
在远远的郊外一处不知名的水塘
就这样扔了下去
没有手法，没有方式。在水下
混浊的水面之下
有某种强有力的东西拖曳着那线）

絮絮叨叨着，可笑的爱

或者略带乏味的床笫之欢，五月的

最后一天，我们在另一个城市旅行

电波中她朦胧的形象

始终都在质询：婚姻，和可靠的

程序保证。他把生命集中着

几天之后渴望再来一次

稍纵即逝，但蕴藉着、倦怠着

（贪婪、盲目，用它的大螯

死死攥住，因为已经饥饿

这是它的全部

在淤泥中，自如、卑贱：对于食物

有永远的争夺，对于未来

从不疲倦。它裸露在

水中，它的醒悟是对食物的放弃

——空气中一弹，又回到了水里）

生活即现实。我们这样照见

抒情是多年前的另一个

当相似的脸庞

有着不能消磨的经历：我们

碰了一下酒杯，这不意味着

我们有一致的口味。他略带忧郁

言谈之间那压缩了的风景
像泡沫就要溢出我们手中的影子

（那是本能的驱使，在黑暗的水下
它畏惧于猛然退开的阴影
小心翼翼地打量
身体被扭动，慌乱
让它更紧地拖住了那肉：
这饕餮的气息
这生活的诱惑——
它被孩子的欢呼所拉起）

"香辣小龙虾。"小酒馆的招牌菜
来自哪一处的池塘或沼泽？
它的繁衍足以让人吃惊，
毫不讲究的
环境：它有足够的忍耐
品尝着岁月的馈赠。然而
它被消耗，无声无息，在筷子和碗碟之间
——那水面恢复了平静，深不可测的
是我们凝视的面容，在水面上

2003 年 6 月 12 日

读史人对历史的信马由缰

放弃或者喧哗，他忍受这责问

而我能为他担心——

如果木已成舟，我有另一种假设

他是对的，但早已

被孤掷，用什么去证明，用什么

去诠释？我的淘气的小帅哥

他有这片刻的风情，像他

一心一意地玩，他说，我要你陪伴着

他也曾是父亲的小帅哥

自信、开朗，小小的狡黠风车一样地转

一和二，他也曾这样猜疑

选了这便要失去那，他有过这悬崖

这成为他的那条路

他有足够的理由：勇气那么虚弱

天赋并不可靠，他深谙这一套

像有一天他从水波的荡漾里发现了

命运：不可窥测，但无师自通

他看到时间是伟大的野兽

我看到的时间却已雕刻了他

让我失落，他的未来会被谁设计？
时间和他那么默契，像我和他，
被折磨，却又乐此不疲，我的小帅哥
能够做得更好，或者更糟
我愿意合上这本书，又轻轻打开

2005 年 7 月 3 日

拾荒者

是那些叫不上名字来的，他们有
相似的面容：用废柴敲打着铁轨
远方是他们内心的波澜
或者能够像一面镜子，看到那些外出旅游的人

他们并不在乎这路上的风景
追着那扬起的纸片跑，和他们一样薄
和他们一样轻。他们的闪现
在风中只有小小的一瞬

不挽留，也不追随
但他们中最小的那一个
突然停下，看到那云彩变幻
他的秘密，随着铁轨越来越远……

2005 年 9 月 17 日

第三辑　对一场雨的两种解释

（2006—2014 年）

晚　景

适宜着这样的时候看，夕阳
像一个悬着的红柿，而炊烟更是虚无

适宜着如同一本书到了卷末
沿途的是那些散落的景致，麻雀叽叽喳喳

适宜着是那一个心中的酒鬼
他一饮旅途就是那醉着的

适宜着是把硬座换成软席，头
靠下来：鲨鱼们发誓要吃素？

适宜着是一个恍惚中醒来的人
不再回家，也不期待远方

适宜着在这一节车厢里
听风的呜咽，风在他们脸上流动

2006 年 3 月 1 日

小 丑

是的，在我们的内心
他是一面镜子：我们可以如此勾勒
当他出现，我们又乐不可支地笑

他在，舞台的间隙里
似乎有什么起了波动——
笑并不奇怪，假如笑出了泪

他藏在我的身体里
相信我，他的呼吸是另一种自由
他是我的左手和右手

选择那表达：凝固的笑脸
给予这敞开的时刻
他轻逸那一缕风情：他就站在那……

2006 年 7 月 1 日

蜗牛之歌

"它是什么样的牛？"孩子的问不奇怪
蜗牛总是在这里，在草丛和青春的深处
它有慢悠悠的情调：留下那痕迹
它所背负着的，也许拖住我们的岁月
那缓慢的迷醉：那举止，那攀缘……

那雍容着的，在另一个地方
它说明一个答案，给出我们的方向
它其实是一个梦：坚硬，但是被剥落
寄托我们的悠悠，在它的壳里
它有更宽敞的脸、更莫名的动

一头不一样的牛。孩子这样总结
也许有一点失望：他拨开草丛
以为是走向童话的门
他被抛弃：是时间所勾引着的
那加给我们的，难道是赐予？

洋溢着的浩瀚，在它内在的呼喊里

一个新天地，或者是那秘密
不曾说出。它知道沉默的表达
当它被发现，恰如其分：
如果它是牛，那么牛又在哪里？

2006 年 8 月 19 日

未知的部分

引申于那种阅读：在一帧照片的
未知部分，意味了那想象中玄虚的鸟
和能够带给我们的快乐——
在衍生的空白处，正如岁月雕琢
我们被不知名的潮水席卷

那部分在，在我们的暗处
它根深蒂固，像岩石
比我们坚定，也比我们固执
它寻找我们的语言
在我们身后捉住那最终逃逸了的

2007 年 2 月 15 日

钢丝上的猛兽

是的，就是被迫——

那眼神有着无边的大地
在它的荡漾里，晃动着那可能
没有什么到来：没有过去
也不再是未来，日复一日
只是那食物和惊呼的掌声

他有一张命运的脸，
说是老虎，或者狮子，或者熊……
都在，在这丝线之上
它是一条线索
凭空飞逸的命，它的眷恋
勾住我们的视线

它并不要，而我们总是给：
因为那恐惧和我们深处的战栗
我相信那旁观者的角度
和我们一样：钢丝上的咆哮

依然危险，或许，

这危险来自我们自己……

2007 年 9 月 12 日

春 日

姗姗来迟，谁意兴融融？
当樱花缤纷，是什么迟迟不归——
小声地说，怕。绚烂时刻，在香气缭绕的蓊郁里

草草看去的视野，这辽阔
缤纷于蜜蜂的花翅：它负担一个怎么样的世界
会更好，或者更美？

谁出游的计划，在风和日丽里
脸庞犹如春雷的一瞥？
它轰鸣，带给我们细微的战栗

我允许这插图误会了我的人生
——只因为它足够美
在我冗长的流水里，它是那斜逸的美人鱼

打碎了多少落花，而她只是虚幻中的声音
如果听到：像一个孩子的嘀咕
在这嘀咕中他又蹿上了一小截

这潦草的四季，他是我看见的春日

请让他有一个远大的前程

在这样的光阴里，请允许我的悠然

2008 年 4 月 12 日

另一扇门

它在，在那暗处，它等待着我

我知道它的愿望：它召唤一个可能

一条新闻里隐约的背景

人到中年：克制，悔恨，对往事绵绵地回顾

但依然还有一扇门在我的身体里

它独自关闭，或者敞开，一个人

是一个夜晚里的辗转反侧

是一条不能同时去走的路

如果我相信，我就是另一个：我们有

打开的锁，闪着光，但有深处的陡峭

那是战栗，黑暗中有送水者的叫喊

有一种渴你无法企及——

这一晚，你饮干了月亮

而咆哮依旧，你有一个迷途却以为就是方向

一个人，这样活着，你以为是一

其实不过是二。这两者不能合而为一

你在，在那扇门之后……

2008 年 7 月 3 日

田间劳作

那个姿态是如此熟悉，手
拄着锄头，点着了一根烟：而这只是一闪而过
如果说我们把它存留在了内心
为什么越来越恍惚？像是那疑问
犹豫着，直起身风景已经改变。

时间不曾流逝，是的
在这样的季节，薄薄地凝望
赋予一个旧的移动，他走向了谁？
我们只有一瞬间的感染
当过去成为我们的外衣

也许要脱去，不愿意披上一生
但也许就这样如影随形
它跟着我们，一直，跟着另一个
暗中的呼吸——它是一次机会
如果劳动为我们解释生命

它在，不过是反复耕种

在同一块地里，要深耕，也要细作

期待着的气候：牵引一个可能

而劳动者离去，土地还在

比我们稳健，也比我们沉默。

2009 年 6 月 1 日

脚 注

在这，版图上的小小一隅
旅游规划中的必经之地
一个人也许，一个人开始他的全部：
他的气候、他的梦想、他那蜿蜒着的
风景，展开并且收回
他的视野被局限，这并不出奇
那光阴来自悠悠
风起于青萍，而他有完全的季节

并不拒绝，如果风往西吹
罗盘依然指向南方
一个人有一个人的犹豫，他完成的
只是那一个：他有那删节的注视
在梦想和结束之间
他有晦暗不明的梦
他的手无力支起那思考
拖泥带水的他的内心

经：流过他的时间

纬：堆积他的空间

他的经纬谁去丈量？"一生的阴影

在疾病的咳嗽里，他是席卷着的

往事和前程，那完成的，正是他所勾勒的……"

那版图正是对他的旁白

地域是他的注解，在他的声音里

他们找到了：他来自今天

2010 年 9 月 21 日

年近四十

想象力衰退，风格只是一种旁白

像满载着货物的卡车

被充满氖气的大灯所眩晕

记忆：一个年龄的谢顶

在某个拐角处繁茂生长：我

退回了那几步，但时间打扰了

一个拜访者。中年的阴郁

像一杯隔夜的葡萄酒，颜色依然

但酒味全无。你有这样的索然

被那么一柱光所提醒，"得打起精神来"

缘着这光亮的爬升

油门，还是刹车？如果质疑于这样一个表情

是什么让我有石头般的心

在中年，仿佛有另一种

命运，暗中偷换我们的流年

我配得上这样的谛听吗？那歌声

纯粹，是哪一个海妖

被迷惑的是我们的哪一年？

回忆展开，但绵绵于我们晦暗的岁月

在另一刻，让人心动的
是那些无知的、那些被挑选了的
那些我们内心的敌人
他们以亲密的姿态出现，而我们
被放低为这样的一种眺望
我们的盲目有更确切的目标
年近四十，如此等等

2010 年 11 月 3 日

涉　及

它一定在某处叫醒了我，像春天
涉及另一个：它在左，就有一些在右
关于答案他们并不说明，会有
那些他们知道的，当夜晚涉及月亮
同样有往事涉及爱情
一个人涉及另一个，而未来的
涉及过去……我们并非单独
但也不在一起，我们涉及另一种
比如两个人之间的影子
涉及一种关系，微妙、幽深
像是有鸟啼在我遥远的某处
它在，在我暧昧的年龄里，它涉及
一个可靠的保证：没有什么不会改变的。

2009 年 12 月 11 日

和儿子在游泳馆

一

"我怕。"出于对未知的恐惧
他紧紧贴着我，水照着他的荡漾
神秘之处的力量，他并不知晓
或者他有天生的畏惧
而我也同样，他，遗传自我的血肉
小模样有着依稀的幻影：
我早年的向往、我童年的梦见……
对于他，光阴并不是流水，光阴
还在引诱。而光阴是我的戏弄者
它闭合，在片刻的寂静和恍惚中
谁捉住了那一抹微光？
它安静，一如我的虚幻

二

可以是，那些听到和听不到的
在水下：他看到那模糊的面容和大海的幻象
他以为自己是，更出色，也更活泼
但水流逝，有我们不知晓的东西

如影随形伴着我们的生活：
它有积极的意义，保持我们在移动中
那汹涌着的情感：我承担
那是让我们真实的风和身体

三

现在他能出色地游，五十米……
很快更远，在他未来的每一天
不知不觉，他游，一如我，在日常中
有时会很累：有些后怕
但起点不同于终点，当他回顾
另一种跃入会更加出色
他知道，需要的是技巧和更多的练习
现在他灵活如鱼，前方如镜
他所划破的是水花和自身的畏惧
被打碎，溅出那点点
他在我之前，他在我之后——

2009 年 12 月 18 日

蝗　虫

单调、铿锵，在我们的耳边

仿佛是用眼睛听到

那么强健有力地飞，那么肆无忌惮地吃

它笼罩整个视野

在草原深处，我们的抵达之地

它在，抱成了一团

嘈杂、贪婪，像每月到来的账单

它欠我们一个理由：是繁殖

或者仅仅是饿？它飞动

如花绽放，如果寻找到它的翅羽

是什么在隐秘中成就我们的激情？

岁月繁华，内心荒芜

是什么让它成为这流行？在这里

它吃去我们的锦绣，吃去

我们那愉悦的眺望，但如此真实

如此成为这一刻

那压抑了的声音，那耳语者的絮语：

"催动这光阴的花束，是它的肆虐

它使这绿色如此触目……"

2010 年 6 月 7 日

星　空

那是深深地压迫，在草原上
那些灿烂的星座：它们就压在我的头顶
近如眼睑，遥远如我闭上了眼

风在吹，在我孤单的眺望里
风把我的身体吹得透明
让我的往事如风筝，脱离了大地

我知道这岁月，这永无穷尽的光阴
在我们绵绵不绝的时间里
它是一种限制：草浪如海，晨光微明

我们的声音低沉如这大地
而星光嘹亮，它覆没我们的回首，
也遮蔽我们的前程……

请诵读这星空，我们不能企及的地方
请低下头，但保持那仰望——
草在动，风在吹，我只是恍惚这片刻

2010 年 7 月 7 日

夏日之隙

那些闲暇，在树叶与树叶的摇曳里
它透过光、透过风，吹送来
我们的倦怠：我们夏日的可疑，
在寂静的午后，像一只斑斓的昆虫
神，请给予我悠闲一夏！

在沉闷的雷声抵达之前，
乌云翻滚：抒写这夏日的小情调
是什么样的一瞥
锁住这内心的狂热？潮湿中
驾驭我们烦躁的睡眠

我梦见白驹奔腾，健康
强壮，带着小小的不耐，它踏过
我们的睡梦，在微光的扩展中
犹如一个迷梦抓住我们
在夏日，它或许只是徐徐的风

但它在暴雨之外打开了我们

秘密犹如宝藏，告诉我们

这身体就是最大的秘密——

它孤单的，渴求一个慰藉，渴求

一种表达：在被遮蔽了的凉爽里

2010 年 7 月 9 日

鼓浪屿

那些小巷和建筑，在陈旧的趣味里

散逸着远道而来的喧嚣——

对于那些邀约者，它们也许是特殊的

交叉着的小径。扑面而来的商业气息，它被

混浊的海水所包围，在

夏季，蒸发着更多的海腥味，在大海

懒洋洋的翻身之地：它给予我们一个深度的

幻觉，"这条小径或许路过，刚才那个

橱窗，那个摆设"，或许有灵魂出没于这小岛

多年前的鬼，让我们晾开了胸怀

像那些缩小了的鲍鱼：在街角，它们晾晒着

被阳光抓去了灵魂，满足人们的欲望

越来越多的闯入者，越来越多的口音

它们成为那热气，在酷暑中消遣我们的耐心

让我们冰冷的额头成为夏日的一击

冲过来那些垃圾，那些汹涌而来的欲望的

声响，它们用不同的口音

聚拢成木瓜的形状：我们不能认出的树

在这岛上，成为一个记忆。在我们

被指点的街道与街道之中，我们
有这迷宫般的光阴，被岁月所封存，在海滩上
带来污秽。如果惊讶能够，
像暴雨捶打的枝叶，视线
难道能够越过海洋，能在孤独中起航？

2010 年 8 月 6 日

萤火虫

那微芒，照亮在方寸之地，它的闪烁

是一种证明：在黑暗中，

它挖掘出更多的黑暗，那蔓延在

我们周围的，在它的点亮里，

如同一寸光阴，它移动，

幽暗中被自己打动

寂寞是一种高度，丈量

我们生命的宽阔和隐藏。夜色里

它所看清的只能是夜色

我们找到那消逝的，即使那么平常

在日常场景里失去：它并不突然

但失去我们的通常也提醒了我们

有多少大地之甜值得拥抱？

那虚无的蜜，飞舞着

优美的线条来自

并不优美的空间：它出没，在草丛

和岩石之间，在城市的边缘

和河水流到的地方，它把这小小的亮度

调节出内心的炫耀：它有这光亮

假如笼罩，这微光里波动着谁的面容？

2010 年 8 月 26 日

台风到来时的枯坐

那雨
有虎和豹的脚步，在一阵风过的地方
隐身于窗帘后的人
看到那云彩奇异：万花筒里的拼装
我们窃窃私语的神情
在它们得知的耳朵里，有一个宽敞的客厅？
那个窃取了季节的人
那个盲目者，追随着怎么样的脚步
当意外的消息成为事实

是什么被打断：镜面里的窥视
那个颠倒了的世界观？也许不是
一个往回走的人，从优秀走回到及格线
总是梦见那第一堂课
命运有他的深度值得斟酌
但他的广度只有两臂那么长：猫眼里
陌生人走动。
而叼着香烟的形象已经破碎，生活
需要新造型。儿子说，才不要做宅男！

他十岁，学剑正酣，像一匹小小的困兽

有些事物，总有一日
从他单薄的躯体里脱壳而出。我年华已逝
如果有这心境看到，没有徘徊的风
向上穿过了楼梯，我知道，它所抵达的是虚无
天堂无法窥见，但果实深埋于土地
这雨，有着炫技的华尔兹：被地心所吸引
滂沱吹散了视线，
但街道依然，城池依然。钥匙转动的声音
需要你静心去听：已有些东西到来。

2010 年 9 月 9 日

"我重返杜甫" ①

秋风已起，蟹脚还未老。我们关注的事物

正在转变。天凉了

惦记有一个温暖的额头，如同

远行中的码头，招手：告别或者到来

两个重叠中的片段。在我们

被台风挽留的行程里，我们

看见这家园的无辜。是什么事物如暴雨

倾泻？是什么留住了依稀的幻觉？

秋风里的谛听，身体中，那两个南辕北辙的人

他们没完没了地争执：小，才是真实的；

不，人生应该开阔，像极目处。

幽暗的声音，秋天里的尖锐，不惑之年

是什么让我对这人间依然充满怀疑？

万物变凉，唯有那一点点的暖意

来自我们夏季的眺望，而人生过半

还能有什么能再次让我惊讶？

一卷书摊开，肉体犹如茅屋，我和杜甫

---

① 题引自简·赫斯菲尔德诗句。

有着相似的忧愁：他忧心那世道

我冷眼这内心。而某个多雾的早晨

他擦肩而过，以至于我以为他就是我

学习他说话的态度，或许

这会消磨我的余生：但事物重新接纳了我

给予我新的命名。而诗，言志，在我四十岁时。

2010 年 10 月 27 日

对一场雨的两种解释

一

生活里它在延展，像我们说的

有时天晴，有时下雨……

不能删改的是我们的恍惚

在这样一个上午，我有犹豫着的

远方：它们变成了雨，落下来

它们弹奏着，弹奏那深深的面庞

二

可以是一种游戏，可以是

像一件说了出来的心事

让别人去承担。雨它开口

一次次去证明，它有飞翔的可能

那么它扎下了根，在大地上

它被浪费或者仅仅是挥霍

2011 年 1 月 3 日

和纪念品一起的旅游

需要，一次旅游缺乏那必要的季节
我们寻找这短暂的保证
不过是别的路途：你去打开
一个孩子有他深入的哭泣
他摸着那梦境，如果有什么让他担心

他有那孤单的心，在他的旅途上
有一个廉价的包裹
寄托了他，像那美丽的口号
有人激动着，
直到让自己也成为一件纪念品

那就不再提起，温吞水就说是好脾气
隔了夜的是那青春做伴的中年人
发着胖的身体
还要一个劲地去折腾：他走动
因为看到飞机就梦见了飞翔

看！他有那童音如秃头

向下张望就是那俯冲的姿势
一个人去做爱，不是和身体
而是和那镜子里的异乡人
把这定义为旅游：他扔了几枚小钱

但如果你听到，你是另一个。

2011 年 5 月 7 日

想和答

一

允许我想，意味着我在想

是我（一个午后空虚的头脑。）的漫谈打扰了自己

如果有一个能够结束：

"那时间，在未遂的年代，可以是一次

打开，眺望那斜斜的鸟翅……

它们划过了雨水，漂亮地转身

我想问的是，它找到一个驿站

但驿站是否是一种打击？它是一个

停顿，而我那无趣的想法会不会更加？"

二

都有可能，"斜风细雨不须归"

因为不能回去：细雨

变成了暴雨，那滂沱就是他内心的惊雷——

他找到了那方向：就是不

或者他看到那隐约的前程，像他们说的：

"犹如镜，那走来和那离去的

在他的落叶里刻下他相似的面容

也许能够认出，而他是孤舟上的钓客

这钓起的又能是什么……"

2011 年 8 月 17 日

仓　鼠

一

要带着自己的粮食走。当它

吱吱地叫，刨花窝里撒着野：

鼓囊囊的双腮，它有一个清洁的好习惯

让自己的空间悠闲着，

如果它站立，找着那方向

世界就在这方圆之间？

二

它有作揖的小姿态：

它逃，这一月它溜出去三次

在我的脚边晃荡着

因为它饿了。它发出那咀嚼

像嚼着那梦幻

我们依然是陌生的：它要出走

2011 年 10 月 12 日

寻

在那个孤独的高处
宁静的蓝色飘散，那悠悠递过的陡峭
是什么被打败？什么有这样的耐心？

也许不，你房间里的风景
加上了一个备注：
另一个虚拟的空间有些肆虐的

在，他们这样找
一个地址，或者一个身体的衰老
卷起那风暴。那风暴到处转

也许不，也许就是
蓝色就是高处，就是挥霍
另一个人在疯狂地看

他是那瞎了眼的巨人。

2012 年 7 月 11 日

寄居蟹

那强劲挥舞的鳌难道是为了证明？
它听到潮水，犹如大海滴下的泪
那是在怎么样的光阴里——
一个封闭的空间，也许是安全的
拖动我们躯体的梦幻，在沙滩上
它快速地奔跑是一种逃逸

在这盲目的年代，我们的表达
暧昧而无力：那是对远方的期许
但我们只听到喧嚣和无边的混浊
在浪涛的冲击里
我们被什么样的声音所抛弃？
被什么样的脚步所追赶？

我们适应了怎么样的生活——
生命如寄，或许，这成为我们的局限
也成为我们力量的表达
从此地到彼地，从一个壳到另一个
我们每一天都在流浪：是的

有一些特别的，仅仅是为了掩饰

2013 年 2 月 11 日

寂静：下潜的冥想之钟

那声音来自我体内，或者只是出于

这水流：这些怀抱着我的

这些无所不在的，在听与说之间

这些片刻，在瞬间的下落中

我知道它敞开：在我们昏黄的视线里

它荡漾，如同我们在一个封闭的时间里

得到这片刻的宁静，在水波的荡漾中

它封闭了一种思路，每天、每刻

它粗糙于我们的视线，像

一头大鸟掠过时的身影，像黑暗中的心

我们绕过了那些暗礁，在

房间与房间之间，在街道与街道的交叉处

在我们被喧嚣所渲染之时，我们

就是喧嚣。放松，或者更加紧张

但一个姿态让我们沉浸

投入哪一种烈火中，我们

只是出于这简单的观察：在这封闭里

我们的每一天和每一年，我们那间隙间的

下滑，当往事如风，是什么

在向我们吹动？是什么在我们的头脑中

如同傀儡？我绕过了岁月的阻隔

在这一侧，假如有凶猛的鲨鱼，假如有

荆棘丛生。我听到了那暗中的声音

那寂静，那下潜的愉悦里，被容纳，也被

推向海水的这一侧

在我们被畏惧抓住之前，我们

是放松的：我睁开眼睛，在朦胧的光线里

是什么躲藏在我们看不见的身后——

滚动的年龄里，推着我们的

犹如那纤细的钓线，不能吞下的饵

如果我们让那饵变成我们自己的一部分

岁月沉浸，那不能融化的会是什么？

在一岁岁地下沉里，每一寸

都变得如此困难。我们试图抓住的

在我们的身边游弋着，但不能触摸

这些孤独的身体、这些陌生的风景

我被什么所打动？那些在我的岁月里出没的人

那些声音，如果我听到

那些风帆和张开翅膀的睡眠：

我只管下潜，当再不能承受，自水面浮出

有多少喧嚣席卷而来，一点点淡漠

一点点疏离，但缺乏寂静

那让我沉浸了的，那萦绕于这一刻的——

2014 年 11 月 8 日

第四辑　晨昏别册

（2015—2019 年）

某一日

需要忘记或值得记忆的
但它是空白：我无从寻找
如果街道改变，多少年过去了
当年的老人已经消失，当年的孩子
长大成人，而我的青春
在那里独自孤独：也许
孤独早已改变了我，在我的体内
它形成了街道、河流、滂沱和阳光
一遍遍惩罚着这些被记忆遗忘的人
那些旁观者，如果
寻找废墟的真相，那些鲜花
突然枯萎，那些相片
在泛黄中走出一个失去的时代
那些声音还是真的吗？那些
战栗，还能让我们
感受到肉体的温暖吗？
我相信那些尖锐的事物，交给
我们不一样的夜晚
盲聋、纯粹，像是爱的碰撞

某一日，和爱的人分手，
那一天突然长大，在失去中封闭，
像凝聚在风中的琥珀
保持着火焰的形状。

2015 年 3 月 26 日

在废弃的大船上

这一日早已成为记忆中的一艘弃船
像青春。

但如果春日消融为秋天，阳光
挽留那一阵突然的雨：江风，给我们
什么样的表情，在这个平常的周末
我们的眺望是否有着内心的惊讶
当这些人没有被自己所打败

我们爬上什么样的坡度
把这料峭当作是一杯浊酒？
那些钓者，他们甩出闪亮的渔线像是日子
而这些随处蔓生的野草，我们叫出
它们，并不起眼的面庞
像一把废弃了的桨，打开这田野

总有些时日被闲置，被迫中
一个女人在高潮中的虚幻，隔着这条大江
潮水一样席卷：我暗中所塑造的岁月里

这荒芜的船是一个逗号，

而我，光阴渐消，越来越是个问号

苦恼于日渐增加的体重

那是大地对你的吸引？莫非

你厌倦于这样的一种窥测

在平静的水面上看到被封闭的雷霆

我愿意在一个春日登上这船

在那些门和那些窗局限的风中

我读到陈旧的记录——

我们抛弃每一天，

而它们最终，以这些怒放回答

以漫不经心的芳香，为我们找到

新的、镜框之外的光

如果我们有足够凝视自己的勇气

2015 年 3 月 30 日

武松：或英雄之梦

我庆幸那天喝了酒，醉眼蒙眬

把老虎当作了猫——

不然，看到她我为何如此胆怯？

我的颤抖并不出奇，一个人

从我的衣服下悄悄逃走了

俗套的故事，满足

那些嗜血的人，他们

需要一个高潮：当生命发生转折

我为什么要去阻止

一个傀儡的复仇？

连自己都无法左右

这舞台的风暴。我迷上了

虎皮里的戏剧，刺客向我走来

狂暴如潜藏着的手

反复无常是我深深的火

2015 年 5 月 21 日

哪吒：儿子的传说

接踵而来的是抛弃，因为
光阴悠悠，我的身体有太多的责任

那已经迷失，背离了
初衷，他们向虚无表达着忠诚
而我习惯于寻找

另一种表情，仿佛澄澈的
莲藕，赋予生命再一次的可能

连纯洁也是阴郁的：
父亲，我能够相信谁呢?
一个真的肉体脱去了壳
而影子又在

水面上，被那些幸福的人群迷惑

神话的年代我成为现实
这很不幸，我知道。

2015 年 5 月 15 日

隐 者

留一点白？好吧，把群山留给旷野
把河流留给雨水；把你
留给我们月下的对饮。我们退回到
各自的影子里，像随风摇曳的松叶
没有风时，它在我们的心中动
而我们，回到我们的植物年代，
当我们所拥有的动物岁月
陷入一种不知名的安静里
我们品尝到的欢乐，像一把遗失了的钥匙
我们找到时，却找不到
那扇可以打开的门。和自己对饮，握着
那些长满了苔藓的喧嚣，我们
让时间形成了一个空缺：他们终于
忘记了我们，像他们所忽视的植物的美德

2015 年 8 月 7 日

如果老之将至

如果有一天我厌倦文字

就像沉默厌倦了言语，而白昼将尽

旅行者回到旅舍，或搭起帐篷之际

悄然的凉意，即使是在盛夏

我厌倦更多的事物

那沉甸甸压着我们的星座

从不被知晓的地方，

它们曾经燃烧，曾经灿烂夺目

却被陷入这简单的天空里

几乎是仰望，如果它们

形成一个角度，形成

我们表达的方式，像是在更多的人群中

我们找到自己的言辞

我们也认出了每一个人脸上的夜色

那深深的畏惧，对无知的畏惧

贯穿我们长长的一生

假如它曾经漫长，

现在也变得如此仓促，像睡眠

找到了哈欠，像羚羊

找到了狮子，而草原被蝗群找到

我们，被衰老找到，在这一天

如果我厌倦了文字

我被命运说服，而夜色扩散

那么一无所成，那么心无愧疚

能够安然熟睡于每一种黑暗中

听到年轻姑娘的舞蹈

2015 年 12 月 1 日

有天清晨

一

他愿意自己保持那跃出时的姿态

那么优美的瞬间，与晨光告别，与混沌告别

他一跃只是一次出差：咳嗽里的青蛙

带不来哪怕针尖那么大的江南

有人鞠躬，有人道歉，一江逝水给予什么样的手？

无梦打扰的夜晚，如走过的地域

相比他，我们略显矜持地活着

如果那辽阔的黑和陡峭的白，如果被这一天

所保留，请剪辑这样的风，请录下这样的光

请被隔壁这样的咳嗽所感动：

这声音里似乎要吐出一头锦绣的老虎，

这样，他就化作了虎。且容我再打一个盹

明明醒着，却做了个梦

二

一个邮差，如果他总按两次铃。

匙孔等待，而钥匙焦躁，那个脱落了翅膀的天使

如果盲目者能够看见，像爱情能够

被拥抱的程度定义，我在这片刻，看到镜中

这熟悉的身体，有一天它会变得陌生

比如此刻，对昨夜朦胧之物的留恋

他是一个抽身而出的神。邮差，这古老的意象

我们并不会看到他模糊的脸

没有表情：能否和无关者说起心爱之物

这一生我是寄给自己的一封信

此生够长，清晨只是个逗号。我听到河的低语

三

它打了一个滚，不是驴，也非马。

我做梦骑上白马，但此刻马悠闲于草原

我认错了它的颜色。那么是谁

抽出他体内的四季：旷野四卷，低低的

侧向另一边，这大地是他的帽子，让声音

变得那么铿锵，错落的是他的鼾声

怎么样才能看见一个人的白昼和夜晚——

一个人是他的宇宙，他的阴和阳、冷和热

他交替度过的这些年、这些时日

我疲倦，想成为一个新人，日日新

他成为一本书的序，也是这部书的跋

那么在整夜地读书之后，你听到什么样的声音？

四

已经有清香袭来，推开窗的片刻。

是那株梅花走入，像母亲低俯的脸颊——

当妈妈走入我的梦，那么多年，我还是一个孩子

对于大地我们就是万物之一，但对于

我们细细抚摸的身体，每一天，我们炫耀

孩子那蹿上来的身高。那么朦胧的光线里，

那响亮的声音提醒我们看见的街道

那些晾开的光阴，在一个突然的消息里

惊诧如张大了的嘴巴，我们并不得到

我们所失去的也并不彻底

这样的清晨，在每一句梦话的边缘

我愿意是那株梅花而不是一株

被淋湿了的树，假如它遮住了我的视线

五

那打盹的狗支棱着耳朵听房间的动静

醒来在主人的意志里。厌倦是厌倦者的本身

正如我们对岁末的描述

它蹲在那里，我们的忠诚，也许只是

时间里我们的无能为力，但命运

早已被窥视，当不一样的探望者来到

那个被孤独削出的夜晚

贴在薄薄的晨光里，雾和霾，持续多日的

模糊，在我近视的视野里

扩大这夜晚的轮廓：时间，这伟大的贼

一个三流年代里一流的梦想

偷走我们青春的光，假如狗追着自己的尾巴

像我们追着自己的梦，我们

进化得并不完整，如果那动物离开我们的身体

六

朗诵这样的清晨将成为一个习惯

当窗前的鸟成为一个逗号，我的余生

还有几条狗的长度？它们如此简单

但生命同样被完成，我们的复杂

也仅仅出于那俯视中的阴影——

如果孤独成为一种重量，被孤独改变的人

成为这清晨最后消失的星座

即使我们并不能仰望到，但它沉默于

我们的虚无，在我们被忘记的蓝色中：

这一天是我们的一生，如果一遍遍复活

在智慧和衰老的催促中，我们获得

这业余的快感，而镜中人和我合二为一。

2016 年 1 月 5 日—1 月 15 日

反　对

我喜欢这看不出的反动，像我喜欢
看着你，小小的侧面。多年之前，你并不曾
察觉：我喜欢这世界，但不包括它的孤独

像是白昼抛弃那夜晚的黑，但
仍有一些地方是黑的，
那种光线、那种虚无、那种节奏

从一个女人的脸上
看到一个男人的生活，时间的遗址
如果它形成我们成年后那些笨拙的言辞

反对更加的喧嚣，像反对
一个盲目的理由，如果是导盲犬
引导着耳聪目明的人

像田野反对着街道，昨天
反对着今天；像交媾，以爱情的名义
在一张被遗忘的床上飘浮

我们这个时间的雨，如果能下到

多年以后：如果你能带着一束野花走进房间

我想，我反对那些让我衰老的事物

2016 年 2 月 24 日

纪念：2016 年 3 月 16 日

那么我可以忘记了，妈妈
在一段被废弃的河道上，春花飘落
我突然想起了你：像一个影子
你和我说着话，犹如童年时的低语
也许再不会有一个人，如你一样
宽容我所有的错误，而我
还没有学会开始耐心倾听：
我的内心依然有猛兽驰骋

这些年，我跑步或者长久地行走
偏爱它们带给我的孤独
如果我走出城市一点，我偏爱
那些微微模糊的灯光
像一个醉汉，我偏爱那孤独
是一座小小的屋宇
锁住我不喜欢的喧嚣，无论是
褒扬还是诅咒。我更爱
那一直追随着我的影子，如果我
和它之间，能够构成一个世界

那种在忍耐中形成的自尊

它屈尊于那些疲倦和自由

在你病榻之前我曾有隐蔽的抱怨

在余生，它们也许日益尖锐，

也许成为灰烬，而最终，

我将学会沉默，并不比别人知道得更多

我爱过一些人，也恨过一些人

有时候，比如今晚

在一家小酒馆里和朋友共进晚餐

没有喝酒，却有些微醺

所以我步行回家，在那些迷离的灯光

和正好从桥上可以看见的航船上

一个像你的身影，有我听不到的声音

是那种强烈的感伤吗？

好像不是，我只是突然地想

在这首几乎不属于我的诗歌里

我完成一种简单的眺望，

在生活的技巧，和必须要面对他人的时候

我想起你，用一首简单的诗向你告别

是什么允许我有更多的听？

是什么允许我有更多的说？

而有些夜色躲进了我的身体，

仿佛你说，沉默。

2016 年 3 月 6 日

晨昏别册

日月如逝川，光阴石中火。

——寒山

一

因此它没入那片晦暗

星斗如沸，为一个迟到的散步者

如果我们沿着这石径走过

更远一点的，也许能走入一个觊觎的心

那个人，是尘世的怜悯吗？俯视着

这广袤的万物的黑暗，但有着向上的光

如果听到飞鸟的鸣啭：这小的生命

它打破了让我难耐的寂静

我看到它消失于夜色，此刻

有星星孤独地拥我入怀，它和这夜色重叠

我，一个虚无者的夜晚，

推敲于更深沉的虚无。如果是夜色的挽留

有妖娆的花的声音，和寂静的路

它们构成了重量：压着我的，

不是这苍穹和群星，而是我脚下的大地

二

如果我愿意独钓于岁月的一侧

会不会有耐心耗尽于未遂的火？像一个礼物

年轻时，我把诗写得复杂

诗并不打动所有人，它不给所有人慰藉

它有自己的荣耀：现在它独自存在

在发黄的纸页中，它独自说话。

那一年，我十八，有人说，她五岁

所以岁月如削，寒山子，不如我们回到这山中

藏在每一朵桃花的绽放里

那里藏着一个浩瀚，我们抵达的终结

2016 年 4 月 14 日

旁　观

我远远地看着，如果晨曦已经造访
夜晚结束在一小片树叶的微光里
那里，在我身体的深处
依然有光，固执的，因畏惧黑暗而闪烁
当时间流动，在我粗糙的皮肤下
那些孤单的事物，那些
在隐忍中被疲倦所折磨的
那些在暧昧中依然清醒的
那些固执站立着的，我们这个时代的
滂沱，在它到来的时候
没有把我们从睡梦中叫醒
我们保持着夜晚的姿态，蜷着身
因为痛苦在黑暗的低语中悄然松弛
那些戴着面具的人也放松了自己
但光，终究一下下敲打着，
像雨落到了树叶上，又滚落下来
我醒来，像他们一样远远看着自己

2016 年 5 月 4 日

青瓷和杨梅

它们如此默契，
构成一个夜晚的平衡，在我们之间
什么样的酒被浸泡得如此热烈？
在瓷器的光泽里，可以品尝
也可以燃烧，但在闲谈中
我喜欢这样的风过
如果我的耳朵里藏着小人儿

从秘色中吹来那万古的空
青涩的迷茫，在玄虚的夜晚
一段务实的光阴
杨梅，多么容易被腐烂的果实
我们简单的生活被突然的陡峭
像是放弃了的高度：它开花，夜半的馨香
收敛为时间中小小的结果
从青转黄，由黄变红，紫是它的狂欢

过客，短暂之物
对应时间的沉淀，我们的交谈

转瞬不可挽留。在词与词

物和物之间，我们有着一样的距离

不可窥测，沉默中，几乎成为一种重量

而我们把这空虚填满，把这时间

交换于事物与事物，我看到事物的内部

2016 年 6 月 20 日

拔牙记

无用之物。钳子轻轻地敲击

有着空洞的回音，它并不带来记忆

正如它从无咀嚼的经验

在我年岁渐长之时，它是一个礼物

仿佛标志着一种人生智慧的抵达

但那么多年，在懵懂和明白之间

它耗尽了耐心：另一侧的那颗

数年前已被拔去，一项浩大的工程

像是对城墙的撤毁，它牢牢占据着牙床

并不想抽身而去，那声响，至今

还让我心有余悸，撬动它

这世界微妙的颤抖。而一个没有实现的梦想

忘记它最初到来的缘由，

这一个下午，我被它拔出后的空虚

煎熬，像是一段闲暇而浪费的时间

带给我美好的记忆，那个时候

它在托盘里，丑陋、沉默，它的影子

和我闭嘴缄口的样子出奇地默契

——在我年岁渐老之际，它是一种脱离

形成一个空洞，虽然被填满
好像它从没存在，我却得慢慢习惯
好像我早已习惯于它的无用

2016 年 7 月 2 日

铁 树

多年之后，它依然葱茏，像绿色的火焰

在夏日到来之际。而你就在身边，

它们的刺如此柔软，扎在我的心中

柔软、倔强，一直都在，像你爱着这孤独

它在孤独中所绽放的花——

你享受这，华丽的树

一根巨大的刺，或许是委婉地拒绝

或者是一种盛大的仪式，不想被人靠近

它们的路被遮蔽，像

扎人的言语，在微暗下去的风声里

它们点燃了这贴向土地的身影：

你爱着，不需要人照顾；

你爱着，是一个人的事；

一种优雅，它有凛冽的光泽，叶片

和叶片相互摩擦，微微地鞠躬

当成长呈现出那奉献的脸庞

它的刺是恰到好处地容纳，因为

一个疲惫的午后，它提醒我

靠近时那小小的谨慎，和被打开的欣悦

而我闻到那香，没有人知道

2016 年 7 月 16 日

月之启蒙

不能放大了看，比如从天文望远镜里
我读到阴影、陨坑，远没有那么浑圆。
预料中的荒凉，像我们看不见的地方
那些时间中的伤痕，或者是
那些给予我们想象的动力：砍树的人
茌苒在光阴中起舞的人，还有
那些被封闭了言语寻找一个表达的人
这样的脸庞在秋风中呈现，窗前
明月光：一个在月光中游泳的人
被太阳所灼伤，秘密的伤害
起伏于我们被安静了的生活，
在雾霾和灯光所遮蔽了的时间里
我们看到这昏黄的一枚，始终
在抬头之处，卡着我们的喉咙，仿佛
可以展开一个时代滚滚的雄辩
我们推敲它的壮阔，却忽略了距离
在风被折叠的夜晚，体内的月色流出
在这条视野所能归纳的街道里
是否有着一致的秋凉？凉下来的季节

把粮食种植到月亮之上，更多的饥饿

当它静，在古老的智慧中收获；

动，像一只消失的兔子。秋渐深了……

2016 年 8 月 30 日

马蜂窝

"捣毁!"

我日常生活中的敌意,
在屋檐下,一个沉甸甸的球状物体
它们起降
犹如闪电,优美、敏捷
造物如此精致
如果有神,我知道她是细腻的

实际上我们相安无事
但严厉的语气
像是噩梦中警惕的斥责
一道不能打开的门
禁忌无足轻重
我们害怕被伤害
这些空气,这些生活的地方

此刻我如临大敌
这些面貌相似的蒙面者

翅羽震动，如此一致的嗡嗡声
一头潜伏着的猛虎
又有谁细嗅蔷薇？
侵入，
能够有最好的理由吗？

比如花香，
蜜的战栗，一丝丝薄的阳光
弓起如一个遗忘之夜
在犹豫中我毁去疯狂的根源

的确，我捅了马蜂窝
但此刻它们在暗中瞪视着我

因为我收藏了它们的刺。

2016 年 8 月 29 日

榨汁机

它是多么奇妙，当刀片
藏身于体内，它的锋利是一种延展
把一切都粉碎，但它保持着完整
巨大的震颤表达着它莫名的兴奋

我们喂食它西瓜、苹果
或者更多的水果和那些坚硬的果实
而它并非秋天，它只是
一个中转站，让小狗好奇地摇着尾巴

是不是把一切变得容易了？
肯定有人不这么想，它的饕餮
来自它对事物的遗忘：
像爱，多久前，我们曾彼此奉献

有一天那个擦肩而过的人
让我嗅到熟悉的气息，事物模仿着
事物，而遗忘也一样模仿着遗忘
如果说在时间中我还不曾改变

那只是衰老还没有递过它的果汁
它会坚持递出，多么棒的礼物
混合着那些奇异的口感，让味蕾
选择着舌尖的喜好，最终却一饮而尽

此刻，我掺了些水
为了让它更好地流出。在被打碎后
它愈合成一种新的食物，但保持着
刀片的锋利，传染给了我

2016 年 9 月 4 日

早 春

呵，从不。

像一个梦从不介怀于时间的消磨

像一辆汽车从不向着天空疾驰

甚至从不蹒跚于天地间的造化

它，一意孤行者

春风惠畅的鸟雀，从不

摇晃着那空荡荡的鸟巢

它从不想着脱离了暗夜的引力

我们生活的符号

像一条流浪的狗

它从不停止向我们摇动尾巴

自我的推销从不实现

像一个人从不扯着自己的头发上升

我们，自己的天使

和魔鬼，从不暴露自己的两面性

像石头垒砌的台阶上

星辰从不闪耀

而我们怀抱着星辰

从不能倾倒大海的喉咙

一束伶仃，从不在大声中被抛弃
只有那一张温暖的脸
从石头中照见
模糊的狮子暧昧的哈欠
呵，从不！

2017 年 2 月 24 日

春风里，江畔即景

并不能承担更多，比如那些怒放
而流水依然会带来腐朽
和生锈的关节：说废弃就废弃了

那些根依然牢牢地抓住堤岸
延伸在黑暗低处，像空了的鸟巢
它们，让你放弃的天空，春风浓郁

我们终日欣喜于无用之物
一个词、一杯酒，或有年龄里
山水的遥迢。江畔，这无用多么坚实

像我衷情这一场假寐
蝴蝶的深渊，直到从朽木的倾覆中
钻出华美的蘑菇：请递给它鹤顶之毒

唯有未遂的毒才保全这身之朝露
请纵酒，请放歌，请
在身体里酿出纯粹的无用之毒！

直到它出神，让一只鹭鸟

衔着这浩荡江水的视野，而后视镜

瞥见那刺出的尖锐的重……

2017 年 3 月 26 日

宋衣，或看得见的壁画

轻罗小扇扑流萤。

——杜牧

如果有光的透出，剔透、单薄
那年的庭院，苦夏，梧桐树下
墙里墙外：我们能够看见
黄昏晃动的栅栏，饮者举起了杯

我们重复这一年的场景
呵，从没，复活一个朝代
犹如舞台上的水袖，秋波横处
遗忘就是永久的睡眠

好吧，莫负了韵光
好吧，别删了流年
皮肤的紧致和弹性，当豆蔻
约上柳梢头，我们的微光

隐约，这爱的身体，
要命的拥抱，难道会有
别致的快感？像那只轻盈的虫
被扇落到地上，我们莫名地担心

对镜吗？终究是肺腑和魂魄
苍老的浮世，吮吸我的命根儿吧
它终究会疲惫，比一匹马还快
在它醒着的时候安慰它吧

仿佛我们从未在这人世立足
从未，这身体里的密码
从未有人认出，而华服裹着你的肉
脱落，掘出这爱我的俗世……

2017 年 5 月 31 日

走入石头的狮子

衔着摄氏四十二度的夏日昂首阔步
多年前的皮囊，在黄道中抖擞着它的眩晕
此刻，依然皎皎于其里

从坚固的石头里跃出
它鬃毛披散
当强健的体魄、稳重的步伐，来自于哪里的雄狮？

是被遮蔽的星辰和隐秘的血脉
在如此庞大的繁华里
渴饮落日，如果风吹着它的荣耀

王，或他人的血
卑微者早已化为乌有，高贵者也是
同样的乌有：它潜行于我们的血液

在咆哮中脱落的翅膀
浮现出一个天堂的影子：走入石头
在虚构的影像里它有深深地鞠躬

守护我们的梦中之梦，生活着

被无边无际的睡眠所充满

当他活着而走进石之永恒

将早于寂静聆听到流水

将饥饿，将从东方欲晓的白中遁去

2017 年 7 月 23 日

鱼化石

鱼游到了石头里，石头依然是黑暗的
它的静止是一种姿态
被打磨得光滑，如果岁月雕琢了
它的骨骼：那些晦暗、那些倔强
人们说，多么栩栩如生！
隔着遥远的群山，仿佛它不是真的
而突兀的石头，在山之巅
最高的地方曾经贴向柔软的荡漾
伤口结痂、脱落，又几乎绽放
那些破壳而出的翅羽
并无拘束的风，当鱼游到了石头里
保持它游动的姿态吗？如果
它游动成了人，游动成了鹰
漫长时间里的进化，小小的备注
它被遗漏，或被遗落在可以忘记的
地方：大西洋彼岸的飓风
起源于这方寸之间的微光
石头能够焐热？或被咆哮的岩浆
所雕塑，它是打开的抽屉，还是

一把低低呜咽着的钥匙?
那些走过的人指点着风景
僻静之处,鱼大张着嘴巴
一个无声的抗议,它吐出黑暗

2017 年 9 月 29 日

尺 蠖

一

它欲成蛾，但终究是以后的事
当一池静水，企及没有干涸的镜面

从这样的沉默中脱颖而出，有更多的
本能和盲目，如果我们熊熊的欲火

穿过这针眼大小的世界，
我们可以看见平静水面下的战栗

这方寸之地的麇集，几乎！
一个内倾的肉体：那么复杂的结构

这些有机物，蠕动、成长，在一棵树
抖动的阴影里，它们敞开如风

每个微茫生命的点亮，即使
被忽略。小吧，小到让我们不屑一顾

小吧，小到无，或小到被一片落叶
所带走，安于这混浊，尽管饥饿步步追

二
这形状，平庸，且通俗
适宜我们放大了看，适宜老花镜的冥想

旋涡里的寸光？一寸光阴
能够站上陡峭之处？

小中自有乾坤，世事的微火
在炙烤中，有着推陈出新的身体

一滴蜜，呵，我们享受的欢愉
那种虚无，那种在绷紧后迸发的空

它的抽搐，深邃的虚无
赋予那低语中的黑暗

当欢愉成为无形的重量，砸向
我们脚下的大地，像每一天的枯枝败叶

滋养那些从幽暗中敛结的虫

又被鸟雀所衔走：不如是无限的小

三
逍遥游，涸辙之间
原谅那些无意义的喧哗和骚动

即使是它们进入到暖阳的叫喊中
在脱壳前有着沉默的姿态

是笨重的躯体不能有翻新的技巧
或者是在热烈的梦中出了神

能够在抬头中仰望，苍穹的冷漠
微不足道的生，又微不足道的死

我们都在这里，在它们的脸庞后
有着隐藏了的群山，但群山毫无意义

直到我们有足够远的视野，直到
群山犹如一袭褴褛的浮云

那些在前倾中保持着澎湃手势的
有一天我见到驴子化身为希绪弗斯

四

生是一场苦役？从它们的视角中
我们看到这个世界的浩瀚——

生是一场盛宴？在它们的短促里
我们藏身这春秋之间的繁华——

生是一种荡漾？微微侧身的光泽
我们一写下就是虚无的言辞——

生是一个片段？欲言又止的年代
我们在抵抗中孤独终老——

生是一次演绎？舞台开阔
我们被内心的野马容纳——

生是一名盲者？蜻蜓之眼
我们听到雷霆的密语——

生是一列火车？铁轨延展
我们流放于此刻的荒芜——

五

那么记录于这无，世界翻腾
因为细微的涟漪都有可能掀起波澜

渡过这无涯之水，无根之梦境
我们在躁动的夏日有着莫名悸动

在多远的地方有一只耳朵可以听见？
在多远的地方有一只眼睛可以看见？

比蝼蚁更加的小，更加可以抹去
或被高处的风一吹就消散：

当这庯粉化为千秋，在循环中
被他们眼眶里的漠视所深深陶醉

我们依然为一个好天气而欢欣
在一个合适的天气里遗失一把雨伞

那从内心看出去的蓝，微微
鞠躬的蓝，擦肩而过的行人认出了你

六

重复于那些毫无意义的事物：
像恋人间的抚摸，在接近中又拉开

这些细碎中钻出来的饿
我们欠这山水情怀的延宕

那些恶，和那些善，在善恶之间
我们相互照见，相互撕咬着狮子和老虎

如果深深的咆哮被无声的火所鞭挞，火
记忆我们的面容，或火低到那些看不见的地方

在那里，它是肺腑，是生灵
是被伤害和在无能为力中荡漾出来的

一道涟漪：它，化为蛾，一座波光中的
舞台，它啃噬这片绿，它是它们的魔

此刻，轻轻的波纹：看见自己的面容
和这些尺蠖之物需要一洼浅薄之水

2017 年 10 月 20 日—10 月 26 日

和另一棵树

它们的交谈，在身体与身体之间

当我们倾心于某一个傍晚

以一种隐秘的方式，记住我们的脸

在漫步和被挽留的石阶上

那个闲庭信步的人，来去匆匆

当他走入那树林，在树干与树干的距离中

他的记忆，像是一条街道

绵延于他的身体：当记忆醒来

在阳光落下的尘埃里，这斑驳

比如阴山脚下的那顶帐篷

倾听到雨落的草原，而那双劳作的手

想起了一个动作，却并不意味深长

在那棵树的姿态里，我

看到另一棵树，它们有点儿相似

但那棵孤独屹立在草原上的

几乎是一种象征，而它，隐匿于这片林中

这走来之树，我能够叫出它的名字吗？

假如它关于一个记忆：在我

手臂环抱的大小里，它是一座虚构之城

它接纳了我，一个虚荣的游客

如果有鸟和莫名的野兽

偶尔到来，我在这静止中保持了动

而在彼此模仿的树和树之间

是怎么样的人想成为另一棵？

但是的，我们还能够向下更深一点

2017 年 10 月 23 日

搬家记

是不是要丢弃那些多余的事物?
像是从来没有用过的，有些熟悉、有些陌生
大多数已经蒙了尘，也有一些
早已经残缺。它们在某个旮旯角落里
被翻出来，然后想到，多少个日子以前
那时候你年轻，像一张不知在某个地方的
拍摄的旧照片：有些人已经叫不出名字
甚至，你忘了有过这样的时刻，在阳光
漏下的斑驳间，凝视一种被掀开了的
光阴，那里，你值得去更多地阅读——

尘埃如虎，一点点吞噬我们的耐心
和年华。他们隐藏在抽屉深处，空间
如果能够容纳更多的阴影，那些从时间里
流逝的，还能够唱着欢乐的歌谣吗?
我们移开了自己的一部分，同样是一种
完整的体验，像是这房间敞开如旷野
或风景被展示出一种消瘦的思想
我们可以抛弃更多的，但并不能减轻

生活的重量，地心引力让我们一日日衰老

去吧，一个新的地址，但并非新的开始
它只是一种延续，当我们换一串钥匙
在口袋里它们还会叮当响。两条狗
却茫然失措，陌生的环境让它们恍惚
依然打量着这人间，狗眼里的世界
它们低低地叫，是威胁还是一次探险
如果它们踢走落叶，大地是否会有新的火焰
下一个街口和上一个街口是否彼此相似？

那么我们将增加多少的垃圾，在我们
生活的边缘，制造它们、积累它们，然后
抛弃它们，在它们的肥沃中歌唱和礼赞
像是翻出一件老款的衬衫，无端端的青春
曾经和你如此亲密。丢弃，丢弃吧
我们把尾巴留在了时光的阴影中
然后放眼眺望，仿佛有锦绣的年华
一弦一柱，而那些成捆的书籍，无论是
你读完或者未曾打开过的，无论是
你曾经在纸上写下，或者直接
输入于电脑的，搬动它们，需要的是力气

值得再次整理吗？这些过去的时日
犹如知了脱壳后不知疲倦地吟唱
但从一个壳进入另一个，生活，伟大的
魔术师？给予我过怎么样的错觉，我
看见、听见，乃至被雨刮器所遮挡的人影
哪一些能够是经验而不是老调重弹？
从磨损中脱颖而出，像录像带进化到了蓝光
而每天行走的路线，会形成新的秩序
我们将再一次习惯以自己为圆心的生活

2018 年 1 月 9 日—1 月 10 日

春日，再一次江畔漫步

在我们看见的江上，远山是
一种饥饿，如果天空也是一种饥饿
直到蔚蓝的风躬起身，不为人知的战栗
直到阳光的咆哮让一朵花学习着凋谢
（用那化作尘土的谎言作为钥匙
请和所有黑暗中发芽的种子共谋）
我们是那些渔舟失去了独钓，承受身体里
一个渔夫的佝偻，他谴责着，而
狂暴的马奔出我干涸之躯，携带着
这些花，这些肤浅的涟漪，给昨天
虚假的承诺：过去是一个遗址
但明天依然。照相机能够留住细小的
侧面吗？对这些我们无能为力
正如我们共同看见，但给予你的
和给予我的并不相同。我愿意
用饥饿喂饱风景里的人，让春日
是一匹狂野之马，饮下
那酒精，不要驾驭，不要缰绳
就是快乐地撒着野：春日，沉溺中的

大地，能够点亮那么多的无用！

我学习着无用，这无用的心多么快乐

2018 年 4 月 1 日

蜜　蜂

是否是你衣服上的温度吸引了它？像是
一个斑点，梦留下的痕迹。在早晨
它是一个奇迹，当我发现，它蜷伏的身体
有了醒来的料峭：此刻，车过城北
导航仪提醒你速度的上限，但并不能
抵达：如果现实打了一个对折
现实主义的视野仿佛跃起的房价
曾经的工业区，矗立的烟囱
在被废弃中的保守主义风格的拼贴下
言辞模糊，而被冷却的黎明中
激情的梦境随着玉兰树的叶子飘落
田野、郊区……混杂在一场暧昧的雨里
直到这姗姗来迟的香气，激起你隐秘的
风景，这世界一小滴的蜜，从童年
挤出黑暗的一微克：品尝即遗忘，蓬勃
即枯萎。那一刻的刺痛笼罩着你，像
听不见的歌声，像看不到的遗址，
你知道，它们发生过，也许正在发生
但当你再次注视这只蜜蜂，惊讶它

只是一个莫名的阴影，却酿造出你此刻

那迟钝的蜜之来源：你抚摸了一下风

2018 年 4 月 4 日

早起读微信有感

总归会淡去，那些经验和天真的承诺
他们说的并不是让你相信
但他们说了，在睡梦里跳起炫技的华尔兹

在你相信和并不相信的边缘，
他们，这些面目模糊、口齿清晰的人
在你的时间里他们随意地进出

并不需要你的同意，假如树起了
一个标杆：那阴影晃动如望远镜
计算遗忘的重量？放在身体那一边

那通往暗中时间的桥梁，
被遮蔽在成片的书写中：那些照片、那些字句
那些空隙里吹过来的沉重的风

它们抓住了你，它们并没有抓住你：
它们，在孤独针尖上那成吨的地心引力
弯曲成彩虹。你的脸庞也被隐藏

2018 年 9 月 4 日

木勺湾海滩幻象

一

一片狼藉，这些瓶瓶罐罐，这些塑料

和污秽，人们狂欢之后的无尽虚无：

在单调的涛声中，夜色所漂浮起的孔明灯

稍纵即逝的允诺里，这些被黑暗所充满的

垃圾，又被大海所收回，仿佛它们

从未出现在我们面前。当远处的篝火

提醒一个夜晚的倾斜：涨潮。退潮。潮汐之间的

咫尺天涯，直到一只害怕夜色的狗的狂吠

撕裂我们耳膜中的海滩，像是节假日的喧嚣

掩盖着我们匮乏的日常经济。而一旦依附于

岩石的冰凉：将被固定，被拍打，在升起的明月

所带来的荡漾中品尝到大海之泪，犹如

不远处冷却塔的俯瞰，工业化的符号，矗立

如时代，我镜头里无法回避的晕眩，像秋风沉醉的

日子，被裹挟到海洋深处，现在我们可以

视而不见了，依然是一个新的早晨。我想起

不久前出海时，渔网中那沉甸甸的犹如钝物一击。

二

光之迷幻赋予我们一种沉溺的可能

它是美的，一个想象的角度，在异地

贫瘠的慰藉属于中年危机的侧影：

我们是其中的光线，绚丽中的突出

比如在海平面上，远帆携带着我的广阔

小的风暴和海市蜃楼的喉咙

它蛊惑了更多的人，即使那些赶海者

有着踏实的收获，但很快将被挥霍一空

像那条懒洋洋的海鳗，从玻璃后

用空洞的眼神凝视着我。午餐时

如果把这眼珠送到我的舌尖，我是否

是一片海吞下这种空漠？但光在变强

笼罩更加复杂的沙滩，汽车声、叫卖声

兜售这庸常的一天，海鸟飞起

退缩到那种海岸线的绵延和饥饿里。

2018 年 10 月 4 日

山水诗

这风景如你所愿，大地汹涌着树木
山和水都在合适的地方，你
也在合适的地方，发出赞美和感慨
正如你所得到的慢，来自快的传递
你的每一次赞美都是哀悼：
盘山公路砍伐了森林，让原始的枝条
遽然中进化，并在无声无息中消逝

像餐桌上那些可以命名的珍肴
来自山的深处，或不被打扰的水域
山水无从枯萎，丰润于我们的饕餮
即使野物绝迹于万径，而千山遥迢
我们给予的命名近乎空虚。有一天
我们拒绝披上了皮毛的灵魂：
如凝视深渊，这深渊过于真实和重

那么能够有这样的表达，快乐
或者悲哀。那一缕魂魄的气息，在此时
不过是此地的抵达，别处也一样

把你置身于这浩瀚，但只有瞬间的壮阔
你将回到那个雾气中的肉体
衰老、疲倦，小小的颓废，而一声鸟鸣
压弯了空气中的琥珀，我们藏起

没有能够偷走的时间。它是独立的
在我们的言辞之外，几乎是青春，
值得一再追忆：涉足之地，
它是一面看得见的镜子，如果有虚妄的火
和酒精的幻象，依然是它让你触手可及
那么风并不别致，它沉浸于你
构成了：小世界里的山水，你的皮囊

2018 年 11 月 15 日

昔日：河边漫步时所思

一

有白鹭或者灰鹭飞起，可以听到

它们割裂夜色的声音，但无法辨别

它们的颜色：一个轮廓，

带着往昔的辽阔

从我们的视野里缩小为单纯的鸟

它的鸣啭震颤着我身体里

隐秘的电线，一个打给过去的电话

在激荡的铃声之后无人接听

二

雨会倾诉星期天的虚无

休息日的缺席，多久之前，你所看见的

少年时期。田野站立起来，仿佛

一直就是城市中心的那部分

荣耀和浮华的那部分，这是

一部分的真相：被隐匿起来的面庞

劳作的手似乎还在无形中忙碌

而过去的一切无从触摸，像城市综合体里

琳琅满目的货架，但不能找到你的声音
岁月的喉咙镌刻在地名的影子里

三

驱车无法抵达的黄昏。
同样不能抵达夜晚。一阵风
有一阵风的命运，散步得以深入
河流的拐弯处有桥的敷衍
逗号，或者是指示箭头，而鱼
跃起后落入睡眠中的水面，它的涟漪
缩短了我的凝视：那个时候，
昔日月亮的清辉，在时间里有些浑浊

2018 年 11 月 19 日

平衡术原理

很好，别人的记忆干扰了你的。

——布罗茨基

一

几乎让人担心，但意外很少发生
他们专注于一个点上，眩晕、陶醉
一种天赋，或者说是学会的技巧
平衡的幽暗术，花园翻腾，眼花缭乱中
他们用递出的舞台打开我们的风景
坡度中的忍耐，在克制中翻新花样
重要的是，身体有一处隐秘的重，在坠落
到达地心引力的牵引，它有小小的
灰色，像我们视觉的盲区：身体脱离了
那种控制，有限的自由，总是有
高度得以腾挪，总是有这样的空间
保持我们的距离，博得我们的视线。

二

游刃有余，我们看到他皮囊的流畅

他的身体里藏着一头猛兽，一头

叫作害怕的怪物，他能够控制住它

而我们不能，或者说我们不能无视于

这种倾斜的悬崖：它注视着我们

一旦看得久了，似乎有黑暗挤入

呵，中枢神经的洁癖，孤立的、突兀的

这些需要保持不偏不倚地站立

比如灯光给了我阴影，居高临下的

俯瞰，也许有鹰的形状，也许

佝偻如兔。鹰兔能够相搏？

在我的影子里，停泊着这种凌乱

三

需要一个局限，比如高度，

以及左右摇摆。黑和白的对比，如果

有延伸的界限，像是突然造访的雪

所引起的感慨，还有惊呼以及抱怨

踏雪者是否需要那冰冷的心

方寸之间一个世界？指尖的触觉

能否抵达到内心？我们借助于衣物

来抵御寒潮的侵袭，又在炎热

没有到来的时候被空调所抚慰

得保持一个温度，肉体多么精致！

濒临于一种束缚，像键盘上的敲打

陈述于虚无之物的真实性。

四

远方，不是望远镜能够带来的

距离。它有一种波动来自

我们对陌生的渴望。像漫长的雨季

催发我们身体里的蘑菇，而持续的干旱

让它们膨胀。非此即彼，但旅行

给予地名恰当的诱惑，犹如狗凝视着

夜色，狂吠，它害怕黑暗把它们

融为一体：我怀抱动物的恐惧

未知的渴望，退缩如月亮的周期

在看不见的地方，它旋转，受制于

地球的重，但并非无声无息

潮汐涨退，事物自有勾连？

五

由于此刻的协议，无言中的默契

他们达成了一致，既不瞻前，

也不顾后。他们是事物的中心

一种稳定地保持，在一枚针尖的

锐利里，有人磨钝了他的波澜

假如简单的说辞可以消遣

这么想来也没错，一就是二

或其他：重在右边，他提起左侧的

虚无；如果重在左边，他移去

右边的影子。他让一只蝴蝶

无休止地梦见，但并不是蝴蝶本身

而他们，驾轻就熟，活在当下。

2018 年 12 月 8 日—12 月 12 日

田园诗

我们压根儿就没考虑过要在此长住
尽管它是美的，像一张明信片
意外的问候，和拜访中的窗口，它
被打扰的村庄，如果向下抓住我们的山中
是远飞的鸟、苏醒的树林、穿梭的风
或者如那些不告而别的影子
我问候这陌生的山水，它是否塑造
我们灵魂中被渗漏了的形状？

总有那一条浅溪带给我们惊叹
当天空走入这明亮，多少的俯视
但小的能否真成为美，闲能否成为
新腔调？ 一个佝偻的人
能够吐出中气里的堂堂皇皇吗？
延迟的班车，余生里的瞌睡
我熟稔于晚睡晚起，有人却闻鸡起舞
好吧，无非从一个梦走入另一个

饮一抹山色，狐仙和树精

都被约束在浓荫深处，那里天雷滚滚

如果云也成精，变幻，就是变坏或好

觊觎于这造化，有人摸着了虚无

却被下午的沉重所勾引：没有了妖

遥迢需要一脚油门，但万水千山

一袭新衣撑起一个旧鬼，看见

软弱的时代里，山水的傀儡就是大师

向田园致敬，比如是远远飞起的斑鸠

增厚这地域的寂静，有时候，寂静就是孤独

像有些人愿意躬耕，成为一个符号

而我们情愿把自己缩小到远方

我们越小，远方越辽阔。如果万物寂寂如初

车轮滚过了小水坑，时速让积水溅起

它飞溅的激情，却惊吓了踱步的鸡鸭

这片刻，我愿意鸡同鸭讲，好好活着

2018 年 1 月 12 日

入夜鹤鸣山

（和蒋立波）

一

我们选择了上山的那条路，另一条

通往远处的道观，它盘旋，从身边延伸入茶园

当风起时，吹动着衣衫，面容不清的人

远眺如鹤。几乎可以听到他清澈的嗓音

芦苇如鹤嘴，衔着最后的夕阳

当我们背转身，看到它衔着上弦月

落日铺陈的山道，视觉的黄金幻象

虚无的冠冕驾驭着云的荫翳

咫尺之遥，让巨大的铁片在冰冷的转动中 ①

输送出当代的火：它服从于意志，和恐高症者

微微的眩晕，携带着男性祈祷时的骄傲

只是借助于风，并让风

在我们的凝视中，从流畅述说到结巴

我整夜听到它的枯燥，哪怕

_____

① 鹤鸣山山巅有风力发电装置。

山道边采摘下的野果犹有落日的余温。

二

老迈之狗的温驯和疲倦，
它躺倒，仿佛一个黑夜的庞大

建起生之神殿。当菲薄的声音，
滑落到夜色的黑中，如沙粒融入大海

我自倾杯，无数镜子里的我
缝补这边缘的夜晚——

风灌入我们打开的门，黑色的风
是遁去的星空吗？不，迟钝的风里

遁去的是我们，细小如鹤之羽絮
沉默的冬眠之虫保持着它的僵硬

它将在阳光中醒转，鹤顶红？
优雅之毒，昼夜的恍惚一吻？

三

鹤眼里的大海，首先得从细长的脖颈间

汹涌。

像一轮被天地短暂卡住的夕阳

它属于我的琥珀，

而大海奔腾，如此才能完成一只鹤的独步

我相信它是我身上最踟蹰的那部分：

鹤之华章，从它睥睨的眼神出发

当精妙的翅羽展开，虚和实，黑和白

它所引吭，正是我幽邃中的山水推开

我的开阔地？或许吧

从它伶仃的保持着平衡的细脚上

读懂它的火，脑干里的指南针

风中，或栩栩如生，

大海递过一只完整之鹤，一片海能够负担的

美，如同星辰的符号学，在夕阳下沉间。

2018 年 1 月 25 日—1 月 26 日

草

有时，我摸到了它们的低
藏身于风，藏身于我们的视线
它可以让我们视而不见

它是舞者，它是听者，它是盲聋
它带着怜悯在这世界占据一个位置
但甚至连命名都不需要——

打开一个早晨的方式，
伟大的魔术师，它如愿藏起
如果我们被黑暗秘密地滋养

那些忽略我们的，有一刻
被我们所惊讶，正如春风绵绵
幻听者咀嚼着草茎

或在微苦中抵达幽深的暗
每一种事物都有不为人知的一面
我们幻听的来源：当火

从内部烧起，从看不见的地方
开始蓬勃、扭曲，并且注视着我们
像这里，我听到它们沉浮的面容

2018 年 3 月 5 日

空山闻鸟鸣，或山水相对论

一
山更幽：此刻，不会有更多的人
如我一般迷惑于这阳光的鸣叫

从林地里腾起，它，让空虚恰如其分
而约束我的是昨晚剩下来的黑暗

用阳光遮住了我，但恰好
我后退了一步，眩晕于它的重

或挪开了它的轻，这高山的重
和鸟鸣的轻，糅合成一种火焰

它们贴着地，像我的影子
如影随形。山中，一个薄薄的人儿啊

他的根在哪里？当草木向黑暗
请求水，又在阳光中挥发，结出小小的果

那么小，那么饥饿，稳稳地在风中
等待着腐朽。一天天，眼看着它就要坠落

我叫不出名的雀鸟突然抓住了它
好吧，是灵感，生活的灵感，突然一击

它被带离，去往另一片山水。山水
是一个允诺，比我们长久，比我们孤独

它忍受那些嘈杂，在一年年的循环里
它打开枯荣之间的平衡，像山水的秩序

二

如果我平衡了身体里的阳光和黑暗
如果我把冷和热均匀着晃动，我自己

是否就是一片山水？风景的凉亭
能否脱壳出一个指指点点的精灵

像这连串的鸟鸣，加深着
山的寂静，而山水，不偏不倚

它成为传统，在我们的寻找中

它融入那些岩石、土壤、流水和季节

不可或缺的元素，但塑造出
这人迹罕至的景致，当到来者赞叹

它将被开放、约束，在另一个秩序的
增增减减中，它将抛弃浓荫下的传统

新的传统在若干年后到来：更多的人
更多的惊讶，如果还能有人听到那声鸟鸣

2018 年 8 月 2 日

庭　院

一

我们看到的地方，在街角

那一道门之后，风转了好几折

直到庭院深处，如果桃花开了

如果鱼还在游动，瓦罐依然结实

风摇着那些果实和花草

我们是不是忽略了这些可以看见的

但是听到那低处的声音

并非倾诉，也不是我们全部的行李

人至中年，身体早已打开

还有多少秘密吗？

唯阳光不可辜负，这人间冷暖

幽暗处也有美的生长，菖蒲和苔藓

把根扎入那些顽石，

汲取它们的梦幻，根，时间里的磨盘

牢牢箍住梦的斑驳：那里我们

宁静的脸庞，那里我们命运的小把戏

二

劳作者在弯腰中，用鞠躬
致敬于从不被留意的大地

蝴蝶捎上了我的假寐，而石头狮子
迈着缓慢的步伐：有人认出它们的朝代

在它们弯曲的鬃毛中，大地的火焰
像没有熄灭的疯狂，石头的火

它重量中的重量，在永恒的寂静里
它玩耍，传说的舞动，镇守于

我们战栗的空气里，甚至是一个空缺
如果有一个男人像一头狮子

是谁弹奏了这种秩序？是谁
在这种骚动里触摸到石头的宁静？

那么凝固的美给予一个更强大的
世界，眷顾池中的鱼和虾……

三

那是我们的迷宫，所有的风
当所有枝叶间的摩擦，像风吹入庭院
吹入那些参观的人的身体里
时间，有它固定的印痕，他看见了时间

这伟大暴君的傀儡戏，万物
被磨成齑粉？而我们用怎么样的意志
在铁棒成针的镜子前，我们看
入了魔的人间，这庭院敞开如昨日

直到那些破碎的瓷片，沿着
他的视野成为墙，成为那些喉咙和声音
成为他打开了的声音：他并不知道
自己的表达，但这听到祝福着他的耳朵

2018 年 9 月 1 日

入梦四帖

邯郸记

如此倥偬，在白驹过隙的时光里
还有比这更加短促的吗？像镜子般晾开的一滴雨

从炫耀的舞步间你看到一个虚妄的时代
但并非一无是处：娶妻生子，建功立业

当一头骆驼能够穿过细小的针眼
这宽敞房子的主人如今去了哪里？ ①

移花接木。屋檐下的雨
浇灌着前朝之树，它蓬勃如孔雀开屏

我们无迹可寻，那些活泼的人
那些压低或抬高了的声音

那些被雕刻、被塑造、被虚无了的人

———————————
① 遂昌有汤显祖纪念馆，由他人老宅改建而成。

都是痴人吗？卢生的黄粱，枕着谁的后脑？

看他楼起，看他楼塌，学步的
依然蹒跚：我们早已忘记最初的喜悦

旅途不知餍足，当风景重叠：休止？
我们学会用统一的嗓子去说话

但把你压缩成一个符号、一种美学
在假声的舞台上，把你分裂成穿梭的风

然后束缚成小小的一束光，此生漫长
或者就是足够的短：如果我们能够知道

紫钗记[①]

如果要赞颂，爱情或者良知
我们有一样的怯懦：悲欢离合
但是你看见了，人世间这小小的窥测
一把钗子晃动着的紫色之光

他年的容颜，一个可以记忆的

---

①《紫钗记》为汤显祖临川四梦之一，说的是霍小玉与书生李益喜结良缘，
被卢太尉设局陷害，豪侠黄衫客从中帮助，终于解开猜疑，消除误会。

事物：它是平常的，和我们
走动着的身体一样；它是通俗的
以至于它就发生在我们身边

这山水似曾相识，连鸟叫
也像是一滴悄然下垂的黎明
我们将从睡眠中醒来，每一天的重量
这样压着我们的眼睑，又让我们看见

所以有这样的人，他们早已经走散
在另外的地方开始追忆；
他们以为自己是特殊的，却真的
是彼此的模仿，当树叶藏身于树林

但一定有另外的人为你争夺，比如
写下的相逢，呵，那是你柔软之心的嘀咕
影子挡住了光，而你卷起风的方向
直到我读懂这山水，我们辜负的光阴

让他们替你活着，不果敢，也不虚无
日常之物被刻入乌云和雷霆
唯有你可以召唤，那些哀伤和愉悦
我知道，是他们，活在你给予的琥珀里

牡丹亭 [①]

请相信她只是爱上了自己，从一个梦
走入另一个：如果情不知所起
你相信是镜中人和她合二为一
你从她的梦中抽身，牡丹盛开的花瓣
或者是琴弦间料峭的背影，像手
被自己的额头所烫着，她推醒了身体里
另外的人，并找到他在俗世的喉咙

这声音飘荡，在人群中相互传染
那么一致的水袖，婉转的唱腔
又遥迢又贴近，对镜黄花？我们
只是在自娱中一生反复？从一只蝴蝶
张开的视野：柔软的翅膀
却挟过万重山，滂沱和雷霆，缺席于
斑斓之光，也退避于那影子——

凸显的时光之谜，假如她爱上了自己
别样的孤独，双生儿，你
从不曾误解自己，沉迷在离合之间
抛弃和融合，或者更多是肉体的荡漾

---

①《牡丹亭》初稿系汤显祖在遂昌时所写。

我知道你活过生生世世，洞悉

这里的隐秘，你只是打了一个暗语

时间里的消遣：请，请随她抽身而去

南柯记

在虚构的世界里，他的国？

有人羞耻于生活在这样的时代

难道他骑着鹤吗？

难道他有你看不见的歧途？

一梦天欲晓，而他，有着我们

并不知道的日日夜夜，从一个角度

换到另一个角度去眺望：

这秘密你从不曾说出，或者是

我们都不曾看透，款曲暗通

打开曾经汹涌的泪滴，夸张的阴影

张开如翅膀，秋凉、春暖，当你看见

雪已覆没了西岭，恰有人茫然回首

一如蝼蚁，且让人醉生梦死——

他是说醒来，这低的声音

正好让你听到。但我们手中的酒尚温

有人测量着夏日的重量

是什么比喻了我们？不如归去
从一个壳脱身到另一个壳中
斟酌这流水的锦绣，这韶华的刹那
有一些事物从我们的身体里觉醒

2018 年 11 月 1 日—11 月 15 日

为从菜市场买回的一条鮟鱇鱼而作

癞蛤蟆一样的皮，死鱼的眼
趴在菜市场的生鲜摊上。多久之前
它在海底，亮着自己的灯笼，耐心守候着
猎物的到来，它的耐心一如既往
但灯笼熄灭，甚至找不到那根天线

沉甸甸地沉入到黑色塑料袋，我拎着它
穿过黄昏的人海，感觉它扭动了一下
和它皮肤一样黑暗的空间，泛着腻滑的黏液
中年男人的嗓音，杯子里的大海
我们如何保持这温度？混沌的一团

直到它锋利的牙齿刺到我的手指，
无能地反抗？破开膛，硕大的肝
和更加硕大的胃囊，那里有尚未消化的
小鱼，被它的灯笼引入这深邃中
它们找到了光之来源吗？比如说它的鲜美

在分割成一小块一小块之后，烹饪：

煎煮，或蒸，肝之滑嫩，骨之柔软
舌尖上的梦幻，让人怀疑它的丑陋
是海水压力下所觊觎的那部分
近乎静止，而它游动，如一片乌云

2019 年 1 月 5 日

水 仙

她枝叶的舒展无疑是种象征，一个
孤独中拥抱的灵魂。直到这幽暗的房间
有轻声的细语，如同阳光晃动

她在水上，那些循环的昼夜
交替在她和影子的拥抱中：他们浑然一体
但看到的是自己踮起的足尖

在这样流畅中燃烧自己
爱是一种滋养？如果有风中的对峙
镜子里的钥匙仿佛两手握住时的指纹

小的绽放？花瓣张开，狭小的入口
我进入世界或许有隐秘的
通道，那里蹲伏着另一个更为坦率的自己

诚实、坦白，毫无羞耻
像水波上涟漪扩散，在寒冷的空气里
是什么让我有细微的战栗——

像是在水波里瞥见叶子的羞怯

她垂下，合二为一，但并不意味着衰颓

如同香气盎然被包裹在花蕾间

2019 年 2 月 15 日

羽衣甘蓝之诗

我默然于它在雨中的面庞，
像是一次突然地发现。在这漫无尽头的
雨季里，它似乎焕发了别致的美
中心处的嫣红，渐渐
向着边缘过渡，成为那种透明的白
甚至不是白，而是这抖颤着的空气的
一部分，它成为这空气里的焦灼：
从汽车尾气的嘶鸣中，从一把被风略微
吹斜了的雨伞里，从匆忙者的步履间……
它被定格在普通的塑料盆里
平庸的躯体，或许是一滴混浊之泪
是什么让它变成递来的礼物？
在我所忽略的地方，它奉献了一个
惊讶，仿佛是第一次所看见，
让人厌倦的事物却蓬勃了它，以对称的
秩序，它，那发自肺腑地张开
对这人间的善意从不曾缺少，
即使是在方寸之地，狭窄之梦？
只是遵从于时间的天赋，被尘埃

所湮没，而没完没了落下来的雨，
是它的钥匙：打开
我视觉的愉悦，它逢迎中跳起的舞蹈
有人在街角惊喜叫出我的名字。

2019 年 2 月 21 日

题一位已故女士的肖像

蒙娜丽莎般的微笑，不过是

我们的错觉。也许是镜子里的双生花？

或者是时间的分岔？她在某一本书的

字词之间，那栩栩如生的形象

走向未来的我们：芸芸众生中的一个

和我们一样并不特殊，她的哀怨

和她的欢笑有着相似的表情

比如在某些个人时刻，她容纳过

暴风和骤雨，被岁月所迷惑，

她以为自己是一座被打开的迷宫，

但实际上每一个人都是谜中之谜，正如她

双臂所环抱的都化作了细微的风

即使曾经是她全部的世界，即使

她的芳名传遍每一只张开的耳朵里

人们不再称颂她的美德，却津津乐道

那窗帘掀起的一角阳光：那里

在浑浊和斑驳的光线之中，有年轻的身体

如同滂沱纷飞在旧时的幽暗里

但看她们，在这尘世的肉体里

有多少尖锐，就有多少百媚千娇

2019 年 3 月 1 日

题柳家村壁画

注定了的斑驳，在时间的秋波里
依稀可辨的模样：有的大，有的小
坐，或站，或昂然，或闭目
或有光环，很幸运它们成为遗漏之光
人世那张隐秘的脸在它的注视中
我们有微妙的重。
仿佛时间雕琢了这眷顾
它是谁的手笔？哪年开启了第一划？
就像是那纺线，在江水的润泽中
纺出我们所看见的一切，鸡犬相闻
青石板上走动的人都似曾相识
就像屋舍边的植物，晨雾中
它有楚楚动人的低垂，而渐强的光
让它们扬起了头。
那么猜测一下题中之义
比如这画的韵律，比如石灰所锁住的
光阴。那么好吧，翘起的墙面
保留着剥落中的姿态，无名的画师
他更早地消融于春水或触目的绿色间

这色彩浸入了石灰，当我们
偶尔到来，在墙外，如一个梦中的
倒影：曾经，它是一面白墙。

2019 年 4 月 16 日

天命之年

炎热都可以成为一团雾，

为你挂上了望远镜：看到的

都是时间的遗址，遥远中，即使

没有什么改变（时间的魔术？）

但你有昨夜酗酒后的黑眼圈

仿佛这世界的孤独，

只是我们孤独的一部分

"喝完这桌上的酒"，对的

喝完，也就散场了！但身体并不够

它藏着一片饥饿的大海，需要我们

不断去啜饮，像是那杯子里

躲着我们命运里的狮子

杯中狮，它捉住了我们开始

衰弱的火，奔跑在下坡的陡峭里

只是听得多了一些，我们

听到风从东边吹来，风模仿着

我们的手，像是给这个世界抚慰

但我们知道所看到的星光

远远低于时间的重量，我们是

时间的影子：好吧，请继续

请从舌尖上撬动这个地球

它带着我们在飞，在品尝

2019 年 8 月 2 日

中元节

我们保持着距离，一个适合的
角度，像风穿过更多的影子
并不能从我们的身体里卷出宽敞
它能够沿着这夜色的街道
抵达月亮。从我们古老的凝视里
那些影影绰绰中被隐藏着的
一个人的喊叫，或者
亘古以来的寂静。我们依赖
这些形体，赋予它们灵魂的空无
但雾从身体里升起，我们将去哪里
——在喜悦之年，悲哀
有台风的形状，它来，以及它去
心中有鬼？也许我们只是
从井水中捞出经年的玄鸟，月落
乌啼，此刻炎夏未退，一阵风
能够吹空街角的蜡烛，吹到
幽深之境：一如往常，
当我们一起从狗眼仰望月亮

2019 年 8 月 17 日

野花蔓延

有人
随意一指。我们被抛在乡间小路上

蝼蚁的直觉？在浮云的时间下
如果可以腾空去看，像那些
风中抖擞着精神的草叶
它们进入阳光，以及滂沱的
指示：此去十五里，荒败的村庄
无人，
但有花瓣相互碰撞时孤独的声音

铁马？如果有马
逾越了今天的光，无人坡地上野花蔓延
那些快活的甲虫和蚊蝇吗？
天空的倒影，犹如郊野的风景
那些道路涌向高处
矗立着的山，它的蜿蜒处仿佛我们言语之间的
一个突兀的句号

我们已置身于其间，扩大了的视野

此刻，在路上，去意彷徨。

我或有天地之念，乘于一羽鹰隼的俯瞰里

2019 年 9 月 11 日

马

在它的眼中退去，这速度的边界
在它孤独的皮毛和抖颤的肌肉中退去
世界小如夕阳，
（也许你可以说它大如朝阳
仿佛光线的成长逼退了夜色）
像它所看见的流逝中的风
它用驰骋把自己退回到草坡上的悠闲

快就是慢？它并不等待骑手
万物枯荣，千里只是你们想要
泥涂间快活地打一个滚
那些压低了嗓门的人有着属于身体的
地图：勾勒这苍茫的轮廓
天高、草长，而风过。世界

这样汹涌到我们的视野里
我不知道泪滴为何无缘无故
卡在眼睑间，它放大这个天地的模糊
从我这里看见的就是它所看见？

轻易地越过了那条沟堑：它优美

而修长的前腿，它芳踪渺渺的后蹄

这突然间它有高蹈的火

仿佛从未发生，它摔打着的尾巴

是一种恍惚。隔着远远的山岗

此时它从容于草木的气息

并侧耳听到蝴蝶合拢了蹁跹的翅膀

栖息在它的背上，如果它放缓

咀嚼的速度，它们将一起没入在黄昏之杯

2019 年 9 月 18 日

蟾 蜍

鱼没有眼泪，至少我们不会看见

在一小座就要干涸的水塘间

它们是一个个逗号，之后，

也许会缩小成句号。在古道的一侧

曾经是一道沟渠，或者有暗河

汹涌：我们不能够看见的河水

鱼消失，就像它们没有眼泪

但蟾蜍在缓慢和漫长的爬行中

在草丛间，它们遗留这些梦幻，足以

抵抗一个干旱的夏季带来的沉重吗？

它们活跃着，有些已经有小小的

后腿，能够用力地蹬踏

也许能够逃离这枯竭，就像一首

写到一半的诗，它能够完成

或者回到最初的那个想法？

涸辙之鲋，有一堵墙挡住了我们

产生一个眩晕中的念头

如果把它们带离，投入一片碧波？

而草叶间还有拖着尾巴的感叹号

出没，告诉我快放弃这个想法

它们将长出有力的前腿，在水塘

彻底枯竭之前：能够爬上我脚下的土疙瘩

用流不出泪水的眼睛仰望月亮

多少年了，这月亮是我们共同的泪滴。

2019 年 9 月 29 日

蚱蜢之秋

秋光短促，寒露之后有斑驳
仿佛虫的振翅在渐渐衰弱
如果你仔细听：几声长、几声短

长的并不绵长，短的也不局促
就是风的韵律，摆动、摆动
锁在风中的肉体，锁在肉体里的灵

如果你仔细去打量，造物
有着多少精妙？像蚱蜢有力的
后腿，搭配它触须的软弱

它小小的身体里，佝偻着
四季的舞台。此刻秋深
能够蹦跶到砖石里去吗？

因为草即将枯萎，敷上了
薄薄一层白霜，大地要把青草收回
在一个循环的周期里，它的身体

就是被风吹空了的棺木

化作土，化作雨水，或化作彩虹

挽留住那些咀嚼和歌唱的本能

2019 年 10 月 12 日，改定

在野地：流浪狗

荒芜之郊野，它将归何处？

撕裂了空气震荡中的蔚蓝
这熟悉的动物
让田园背负在一具奔跑的躯体上

我们讨论着它的品种
纯？串？从贵族过渡到了平民
来自南方还是北方？
或更加遥远的彼岸
漂洋过海，在繁衍中一次次
递过那些菲薄的盐

像是落日融入它此刻的肉体
假如有召唤，在饥饿和寒意的侵袭里

从它的身影中
认出那些名犬的影子。出生时
无非是对地方的忍耐

它们集中在它的毛发
和它洋溢着欲望的眼神里

它害怕我们，或天然
亲近人类：像此刻的犹豫
是一种徘徊。它接受了怎么样的
血液，并从这血液中找到
那些痛苦的边界？
狗的种族，像是喉咙里共同的月亮
每一缕气息都在扩散

以嶙峋之体越过那道土墙
在我们的影子里永无穷尽

2019 年 10 月 17 日

石

在树木的掩映下，它是孤独的石头
在云彩的俯瞰下，它是坚硬的石头

它是山岗上的石头，像是
被造物者
抛弃在这里：突兀
有着海一样深邃的寂静
但没有海水的喧嚣和色彩
它像是一匹马融入了风

鹰的栖息地？
归人？它的矗立，大地的
另一张面孔。风吹不动的石头
疑惑于它的到来，一个
空空的巢穴，无数条
环绕于它的路径

当石头秀出于土，门还是耳朵？
侧耳听，多少年这里毫无变化

侧耳听，多少年人来了又走远

此刻，当我与石相遇
像是一匹马融入了风，像是
一滴水融入大海：
扩散、扩散，直到遥远处
看不见的城市，石沉入大海

2019 年 11 月 29 日

第五辑　沉默的眼睛

（2020—2023 年）

过去的风景

另外一个你吗？如一条已经放弃的路
如此，并非不能走回，在时间消失之处
我们有着更深的恐惧。同一个月亮
但那些相似的云彩却早已不同
化作了雨，滂沱和细雨，雾气或阴霾
布满我们的身体：过去，记住或已经忘记的
一本书中的细节，那些字和词所组合着的
一个站起来的过去，让你回到未来
城市的草坪？被省略的春天？如果我们
从画册之中眺望这奔腾而来的大河
有什么能在立锥之地感受到风的尖锐
像夸父在虚幻中的追逐，烈火捕捉到的眼睛：
垂垂老去，有近视的忧虑，又有远视的恐惧

2020 年 3 月 20 日

鹭

是否是青蛙蜕去了皮？聒噪

变成那优美的的弧线，夜色中

蛙鸣戛然而止，而鹭鸟腾空

像是那声音在我们到来时有着

另一种光彩：它牵引我们的视线

衔着叫不出名字的小鱼儿的

抽搐，片刻前它还在水面之下

把天空认作是镜子，却被突然劫持

（数日前，楼下的火灾让我和家人

困守于六楼的露台，那半小时

我摸到了恐惧坚硬的鬃毛

它驯服每一种能够睁眼醒来的生命）

在脱离污染之水的空中，作为食物的

鱼，将进入到循环的秩序里

它被鹭鸟果腹，转换成另一种形式

也许又坠落到这水中，被别的鱼

争相啄食。而我感受到它飞起时空气的

波动：万物相连，但我们茫然不觉。

2020 年 3 月 20 日

引起的愉悦

看见能引起视觉的波澜，而嗅到
是鼻子的方寸地……几乎是一种遗忘
在色彩带给我更加浓郁的香气之时
那些无法忘记的时日
和第一次在训练场驾驭汽车时的狂喜
我们尝试，悬崖在我们的身上
但无法尝试那种下坠时的失重，只有
从噩梦中逃离时的侥幸：如果
那懒洋洋的蝴蝶一再把我们梦见
而它的尖叫拉我们从梦中脱身，
这两者的重叠构成我们所处的位置
在一根针尖之上，那痛楚
才让知觉扩大，看到镜子里的轮廓
老去的形象：感知于这新的一天
有鸟鸣带我偏向大海的潮湿和阴郁
而舌头携带着风暴的记忆。

2020 年 3 月 24 日

沉默的眼睛

是它们进入之前，它们并不存在
这些物和物，借助于光进入
我们的身体：不，进入我们的感觉
并非全部却让我们融为一体
这些事物的秩序，仿佛一直都在
就像欲望的独角戏，它的高亢和沉默
它暗中的涟漪扩散到无声之地
吞下光，吞下那些反复无常的
我们确认到那些距离和高度
在这些被规范了的街道上
春雨淅沥时，那些花瓣贴伏在潮湿的
地面，如果映出的是我们的脸庞
它看见，它说出，但它的缄默
一直是事物存在的本身。

2020 年 4 月 2 日

穿过了鸟群，穿过了火，但穿不过玻璃

我能够恍惚看见自己

隔着玻璃仿佛是草坪的延伸

我是其中的一棵树，当云雀的啁啾

提醒这春日阳光的盛大

眼睛穿过鸟群的蹁跹，穿过

遗忘的火之微光，但穿不过

光之障碍。有人，在街角听到

那些咒骂，小声地嘀咕，

这轻微的波动能够在玻璃之外

但玻璃透明，只是不起一点涟漪

除非它有破碎了的内心

不会融化，不会拒绝，也不会接受

它就是我们的旁观之路

从若即若离到一种阴影的漫延

我是自己的影子，陌生者的

低语：午后一道转瞬即逝的点心

2020 年 4 月 7 日

牵牛花

一

它爬过篱笆，这柔弱的藤蔓
仿佛是一只蝴蝶在回旋中牵动了它：

一个梦，甚至来不及晾晒
花的尖叫，像我们生活中的重量
它越过这堵墙，夕阳的冠冕？
在一只蜗牛的速度里

它消磨掉一些时日的风和雨
但并非溢出，膨胀成
言辞的凋零。有一些蚂蚁和瓢虫

万物间的联系
打落秋风，蓝、绯红、桃红、紫……
都会飘落，成为泥土的一部分

那些种子，不起眼的种子
藏身在它沉默的声音里。

二

从被焚烧和忽视的角落里冒出
葳蕤于风，也葬身于风
集中绽放时会有它锦绣的那一面

短暂、恍惚，像信奉着的被风所压下
但依然会再次弹起
生命的柔韧性？它钻出那些砖缝

迂回的方式体现植物的智慧？
杯弓蛇影，或者倒映出这夜空的迷茫
在花瓣的阴影里储存了那些露水

这是它祈愿时的低语吗？
在风中颤抖着，一如我们所看见的事物
如果盯着它看，它把这波动传给了我：

一道深深的伤口。一墙之隔
我们看不见的事物似乎并不存在
但它们能够听到那下坠中的落花

2020 年 10 月 13 日—10 月 14 日

草木间

请说出那些智慧，"一岁一枯荣"
时间和地域，植物学所呈现的符号：
耕耘，把干涸了的土地重新唤醒

凝视大地的人在微微战栗
收集这草木间的黑暗和光泽
我们的视野如此菲薄——

但不能狭窄，不能命名
大地上的事物。它们一直都在
凋敝或者葳蕤，我们只是其中的一件

在相互的发现和挖掘中，这些
阅读者，嗅到植物的气息
所有卑微中回荡着经久不息的旋涡

犹如星空那崇高而旷远的秩序
离我们那么远，压着我们
就像风一阵一阵地吹，就像季节

转换：相似的面孔还会回来

带着我们熟悉的姿态和影子

播种和收成，或者在无所事事的远方

学习，学习那属于植物的声音

把根扎得深一点，传统

给予遗传的光晕，不动声色中的一生

这些长长短短的命运在分门别类

还是它们是我们驰骋中的钥匙

万物的智慧，请读懂一叶间的陡峭

2020 年 11 月 25 日

瓯江边与小宓等闲坐论道，
忽闻对岸绿皮火车轰鸣，在举目处如牛疾驰

忽有那吼声挂上了耳朵，一瞬间的改变

从山的腹地穿越而出：激流？

呵，不！颠簸如我们言词的转折，它是远古的

怪兽，被流线型的高铁所淘汰，

时代的落后分子，却让安静的江水涟漪起来

宛如一个迟钝的耳蜗，接受这绿色的

压迫？这陡峭之途，平地上有人不觉如履

那么听到，那么慢就是快，曾经的快

已经被嫌弃和抛弃：这昔日的荒芜郊野

在一树稀疏的碎玉里被鸟鸣所陶醉

江水也渐渐松弛，渐渐蜿蜒到我们的

内心，别有怀抱？这江山故国

相对于稳坐着的我们，它有疾驰的声音

并且刺激这时间里被抖落了的一天

遗忘？或无足轻重？但谈到了我们的命运

如镜面一样的天空，亘古蔚蓝，

而一朝有雾，轨道已经铺设，将去之处

我们心知肚明的旅程，翻译给那双谢公屐的主人

听：草鞋早已腐朽，在千年之前他早已接受

2021 年 1 月 22 日

普遍困境新法则

一

只是没有意识到，比如对此的
说明：我们的每一天，相似的菜单
几乎一样的天空，和日新月异的城市
从一地来到另一地，呵，新的面孔
和新的寒暄，对不同的人
我们能够燃烧起更加积极的情感？

就像是邂逅之初，就像是工作之始
美丽新世界？张三和李四，站在矗立的
高层建筑上，赞美可以由衷
当飞鸟需要你放低了视线去看
鸟也许不会意识到，这另一片丛林
阴影有着鲨鱼般幽暗而萦绕的心

二

困于凌晨之梦：我大汗淋漓。
仿佛都是真的，即非赐予，也非抛弃
穿过那些事件之境地，它们披在我身上

像动物毛发里的滂沱，藏着
那些死去的皮肤，以及活着的跳蚤

吞吞吐吐，欲言又止。总是如此
事情不复杂，也绝非简单
某段关系，家庭、朋友、情人……
哪里不对了，但又说不出。我们说的
秘密，在一个清清楚楚的街角

也许都是真的，梦中的未拉之手
严厉地训斥，被伤害了的，以及
蒙蔽着和看不见的，那些喊叫被封闭在
一种单曲循环：它的旋律
落在低沉处。辨别之语从无说出

三
醒来即是睡去。蝴蝶梦见了庄周，
并看见我们毫不出奇的生活
从一种想法中滑落到另外一种想法

却拘泥于这现实的镜子，镜子
必须有一个参照物：梦也是
它模仿我们醒着的模样却成为另一种醒

坐井观天，天是我们所看见的；

管中窥豹，豹或如烟稍纵即逝；

一叶知秋，秋哆嗦于肌肤之侧。

睡去即是醒来。庄周梦见了蝴蝶，

从蛹化蝶，挣扎出那种痛苦

但小巧中翻出，如果舞蹈如尘世。

四

俯瞰：袖珍之物均值得氤氲。

多年前某一条新闻所隐藏着的

可打开今日之门吹来的飓风：

冷热不均，而咳嗽遍布着餐桌上的倦怠

沉溺于皮囊里的衰老，黑暗进入光明

它是光明的小把戏，威胁事物的独立性

没有黑暗，光明如何能够描述？

当一只手被另一只手所平衡，听见

就是聋子；看见，就是瞎子……

而盲聋让你完成抒情的肉体

最完整的人被风吹得如此空洞

谎言成为真实，但真实还是真实

五

即使我被困于我自己，如你被困于
你自己，但彼此照见。在这一夜
我醒过来两次，窗外的月亮
困于地心引力的朦胧，可以倾泻出
我们情感的河流，像信鸽
困于头脑中的指南针。它们的咕咕声
勾起我们还乡时的模仿，这毫无意义的
距离：在被反复地挥霍、消耗后
这虚无之光的月色，敷衍出
地上冰冷的霜，抬头和低头，
鱼困于水，如同我们困于空气
困于这弯弯之月，我从梦中脱壳而出

2021 年 1 月 29 日—1 月 30 日

在荒废了的码头上，早已有植物葳蕤如锦

放弃是一种占有，在月亮
没有从潮水中涌来之际，有鸟的叫声
灌满我们满是尘垢的耳朵，像是一种洁净？
不，只是短暂地沉溺，草叶在风中摇摆
要描绘出风的形状。但很快就愈合
在圆月出来之时，垂钓者
能够看到那些浮动，暗处的鱼
在相互的指引中垂涎于诱饵——
致命之隙，这悲剧不知不觉，也带来
那沉默不语者的喜悦。而一旁，两小儿
辨认着那些植物的名称在春天统一为绿
他们不知道：秋日时它们的枯黄却深浅不一
那时它们会空出这个码头，就像曾经的
喧嚣，斑驳在一条江的开阔处
它曾经存在，曾经是一个主题
负担着我们视野中的大多数。被放弃后
让春天重新占据这片土地，但那些飞鸟
漠视了这些变化，它们引吭高歌
似乎在赞美这些来去之间的风

那些来过的人转眼也就消失的人，

他们的赞美、他们的抱怨，裹在一阵风里

2021 年 4 月 1 日

蚂　蚁

它们相互致意，能够同心协力
把庞大于它们数倍的粮食搬回家
也许是没有腐烂的尸骸，也许是
掉落的残羹，也许是孩子们的游戏
他们创造了一个世界：
争抢和合作，那些迂回的道理
这一只是否就是那一只
彼此像是镜子中的呈现，但它们
沉溺于那种劳作的快乐里
纯粹的快乐吗？我不能否认
它是活着的，但它的意义在哪里？
密集恐惧症者的眩晕，彼此
模仿的步调，彼此模仿的身影
甜的知音，它按照什么塑造了自己的
命运：生而忙碌，为饥饿
为某一条看不见的鞭子所驾驭
勤劳而勇敢？它会迷路吗？
在它欲望的指南针里，埋着
一个它能够听到的方向

抬起它的右脚，再抬起它的
左脚，那么，我们一起抬着这天空
和天地间空荡荡吹过了的风

2021 年 7 月 5 日

遇见：一首练习曲

一

恰如我在独自的漫步中看见

这低飞的蜻蜓：它沉默，张开了翅羽

用它一贯的姿态。但不如蝴蝶吸引我们的

视线，仿佛它闯入到了镜子的表面。

二

所以是沉默的，这蓬勃的云彩

带给我视野中的饕餮

大地之火？倒映着天空的欲望

当我的欲望在渐衰的身体里已经不值一提

三

如果有一个人在此时喊我，

像一个影子深深喊我，我会抱紧了

自己。在这人潮簇拥着的街头

我找到了自己：他总是在不断出走中。

四

那么记住这些偶尔所携带着的
事物，仿佛声音会抵达耳蜗里的客厅
但并不入住，它只是一个访客
渗透，或沉溺在我们蛋白质和水的肉体间

2021 年 7 月 10 日

麻 雀

它有它的高度，正如它的空间
在屋檐和电线之间绽放出一树的鸣啭
人与人的边缘，昼夜的过渡
它把我们降低到了局促之地
但它小小的身体是开阔的
装着自己的山水和国度，它
是自己的殿堂——
致敬这些循环中的
肺腑，用来呼吸，用来消化
用来支撑它在空隙之中的隐匿
它的鸣叫并不圆润，这暴躁的鸟儿
投飞向敞开的窗户：迷途？
呵，只是途穷，被玻璃透过的光线
所蒙蔽，它撞击、撞击——
重复撞击着，另一个自己
玻璃中的影子，命运之幻术
这远和近的传递，里和外的互通
直到它伤痕累累、奄奄一息
掉落在地上，引起我的关注

这微茫身体里的倔强，一枚钉子
就像聒噪中的鸣叫，不再挣扎
眼睛中依然包裹着风和食物

2021 年 7 月 17 日

猫

披着皮毛的精灵？
从看不见的地方递过它的眼神
深不可测，或仅仅是对生活的轻视
它迈着孤独之步，在夜色的间隙
讨好于行人的恍惚微笑中
得到，或者失去？它是警惕的
并不想亲近这个世界
如果可以，它抛弃了孤独的本质
像是夜色走动时的声音
能够听到黑暗的重量：它梭巡
在街道和草地的边缘里，
在饱和饿的闪念中，在黎明和黄昏
来回地摇摆间：它是一个钟摆
指向我们内心的虚无和厌恶
从没有一个地址值得记忆
也从无一只老虎捉住了我们的梦
那些我们看不见的事物
在它柔软脚步的潮水里，正如它
偶尔抬头看见的明月

那种哭泣般对生命的礼赞

讨好这样的欲望？山峰般起伏着

树冠的影子，自己饲养自己

甚至于它形成我凝视中的虚掩之门

2021 年 7 月 31 日

苍　蝇

那片空虚的蝉鸣中忽有它的影子
追逐着一片腥膻，它有敏感的器官
这出于本能？正如我们被美
所约束：目光的觊觎，或者仅仅是
追随着来自肉体的饥饿
它们汹涌来巨大的黎明和落日
创造出这些精妙的躯体
薄薄的翅羽，能够在振动中
让笨重的身体有着优美的滑翔
舔，这生活之甜，如果能够散发出
那种让它眩晕的气息，被迷惑
被引诱，奋不顾身于一张粘蝇纸
这致命的重力，不是来自地心
而是腐朽。如果这腐朽中能够翻出
蘑菇的梦幻，苍蝇和蜜蜂
有什么区别？蝇和鹰该如何去读？
正如我之前看到它栖息在一角西瓜上
搓着腿，亭亭玉立，它旁若无人
浑然不知夏日将尽，复眼的视域中

是不是黑暗也有它的多重性

而人，不过是一块直立着的肉？

2021 年 8 月 3 日

螳　螂

它早已落入一个阴影：

突兀、古怪，出现在能够想到的地方

犹如一片乌云，突然出现的暴雨

某些梦境中插入的片段

这狰狞的名词，有着玲珑的姿态

它仿佛纵横于战场

铠甲、战袍，亮相时的惊呼

让人战栗的事物，不是出于喜爱

而是生理上一次次加速的反感

这拟人之腔调，振翅的造型

会从假死中醒转

迅捷消失（其实还在，只是

在我们看不见的地方：眼不见为净？）

这孤独者的形象，沉默着

它全部的感官敞开，嗅觉、触觉

它全部的精力恢复，迂回、后撤

好像它就是阴影本身，一个

深远的回声，如果我们

能够看到自己的姿态，它静如处子

如琥珀里的不动，等待我们拍下
灯关上而影子消散，我尝试
赞美这顽强之物，一个缺席者

2021 年 8 月 8 日

螳　螂

挡车的臂膀是它对自己的认识？

落入暗影之中，它捕获了呱噪的蝉

而黄雀只是偶然出现在身后

像是一座山峰，一次崩塌造成永久的

话题：在后，或在前

有那么多讲究吗？用绿色隐藏了自己

它抖擞着，一种启示能够给予

食物链的循环。我以为它是一片叶子

它有多深的饥饿？蝇、蚊、蝗……

来者不拒，四条修长的腿支撑着庞大的

身躯，一座八个月的宫殿

但即使失去了头，它还有十天的精气神

这无头的勇士，操干戚以舞

刑天，犹如我们称呼它为"不过""巨斧"

只是在睡梦中把它放大，我们的望远镜里

它，先知者①的模样，能够预言吗？

翩翩起舞，达到它们交配时的热情

---

① 古希腊称螳螂为祷告虫，因为螳螂前臂举起的样子像祈祷的修女。

一个头脑会眩晕于原始

它并不抽搐，但冷静中，这雌性

吞下了公螳螂：合二为一，生命里的

菲薄之盐，它们得到了一种平衡。

2021 年 10 月 7 日

河　豚

河之鱼，有豚其名者，游于桥间，而触其柱，不知
远去。怒其柱之触己也，则张颊植鬐，怒腹而浮于水，
久之莫动。飞鸢过而攫之，磔其腹而食之。

——苏轼

有千般毒能否迷醉了自己
它是一只抽屉，依然是美食界的万种风情
绝妙体验，"真是消得一死"[1]？

这无害的憨模样，游弋着的潜水艇
又大又茫然的眼睛突出。它有着
自我封闭者的逍遥：

随江水入海，又随涛声回溯
它遵循天性里的秘密
给自己种下毒，种下回声和阴影

———————

[1] 传说为苏轼语。

勇士的尝试，还是一次无知？
而它，绝境中的膨胀
皮囊可以盛下那么多怨怼

像盛下出水芙蓉般的阳光
剔出那些骨肉，把它们搭成花的形状
毒和鲜美集中于那薄薄的一片

近乎镜子般的看见，在粗糙皮肤的
覆盖下，这舌尖上唯美而短暂的一勾
它分开了水的轻和重：一滴泪珠

2021 年 11 月 15 日

鳗

触摸到那些禁忌，它栖居于动物的
身体里，像一朵暴躁的乌云
从那里钻出来：溺水之物
乡野传说中的膏腴。这蛇一样的身段
蜿蜒出阴冷而贪婪的游弋
在一片平静的水面下，生活总在发声
撕咬、吞咽、咀嚼、排泄……
造就出这曼妙的身影，划开水波
循环往复，正如它们的洄游
这成长的旅程，一个隐喻，接触过
大海却又返回，它无法融入那种浩渺？
或者它能够接受在这种平静的水下
它所谛听到的？这移民的种族
如果它曾经看到过海上的明月
会比江面上的月光更凉？席卷在
潮水的泥沙俱下里，成熟于这种
旅程：它被端上餐桌，红烧或者清蒸
即使它们中的少数能够放出电来
麻醉那些捕猎者，一种警告？

但饕餮者是安全的，像我童年的时候
在乡下，透过人群的缝隙
那头从河道捞上来的死猪肿胀的肚子里
我看到这黑暗之物扭曲着游出，但它
并没有在风的呜咽声中变形
就像风吹过，我没动，薄薄的影子也没动

2021 年 11 月 24 日

火星生活研究手册

> 影子凝视着我，像凝视着它的阴影
> ——《观一段皮影戏而不知其名》

一

枯燥于某种真空里的寂静，我相信
石头仅仅是石头。如果它有美人鱼的形状
如果它有逃逸之豹的矫健
但它的沉默表明它的特征：一个早上的
新闻推送，在一座让人惊讶的星球上

每一刻都是奇迹，像是被封锁在时间里
我们共同看见的一期封面
就说是那个拥有海豚音的女孩吧！潜入到
中年男人的凝视里，她其实没有重量
有的是对特定生活的研究，一本被

剽窃多次的菜谱，每一次都能推陈出新
因为材料和烹饪手法的不同
但事实上属于三维空间的电波

耳朵里的钝响，声音的远遁，它恰如
一道虚无的电波，在荒僻的远方匍匐。

二

相对这广袤的空间，我满足于
那种二维的观察：即白非黑。

立足在它们的边缘。有一种陡峭的
狂飙，一如想象，小小的金属之足

它小心翼翼地试探，挖出蛮荒之地的
想象：一个旋涡，陌生之地的远方

携带着我们随年龄而来的混浊
那深深的叹息，毫无意义的虚拟语气

黎明时的睁眼，关闭梦中的立锥之地
年少时，我试图说出一只鸟飞翔的曲线

三

地铁把我们运送到开阔之地，狭窄夜晚的
通道：往返于家和单位，以及酒局
周而复始，又仿佛每一刻都是新鲜的

我们有自己的瓶颈，舌绽莲花
如果花能够盛开在自己偏僻的身体里
摇曳，带着轨迹和相似的场景

命名它：从枯竭的言辞中
赋予它转动的光线，在一次次的虚拟间
它有炫目的传奇，在屏幕和文字中

它是熟悉的，但有着宿醉醒来后的空虚
多么甜蜜，多么热闹，多么像孤独之书
一页书的阅读意味着还有下一页

它们构成一本书中的生活，那是
文字里的场景，似曾相识，但燕子
压低了翅膀，负担一座城市视野的局促

四
荧荧火光、离离乱惑。
这迷惑于我的天体：它的耀眼
和黯淡，有时它从西向东
有时它又从东向西。仰望时
让人百思不得其解的"荧惑"

一种性格的困顿，如果红色星球

犹如战神的狰狞，但相信什么

就是什么，它是农耕之神

也命名着三月。它枯燥运行于

那漫长的轨迹，对于

这距离的把握，一瞬即千年

时间的灰烬，飘散的盐

在菲薄之侧有寂静的咆哮

我们能够握住每一缕微妙的风吗？

五

日复一日，在来回地跑动中衡量

我们平常生活的局限：快一秒的急迫

和慢一步的犹豫。那些在春天舒展

在夏日蓬勃，在秋日凋敝的树叶

漏下一个轮廓的斑驳和沉溺

有光，那些光所造成的

奇形怪状，或者是我们象形的声音

说出它们，说出那些暧昧的言辞

它们表达一种距离和逃逸

像我在戈壁滩独自承担的空旷

远方之诗？偶尔汹涌的天地悠悠
一刹那的幽浮，恍惚于这自囚的牢狱
我们只是看见自己所能看见的
地平线，按照小小寰球的转动
如果能够从更高处去俯瞰、去界定

去辨认出那些图案，以我们的常识
在我们的秩序里：废墟、城市、动物
和自己的脸庞。我们孤独如一座星球
那些从不被靠拢的却被捕获
仿佛破碎的夜空里藏着无尽的完整

2021 年 12 月 27 日

兽 钮

把玩这小小的沁凉，在石头的沉默里
它在我的手心被包上一层油
这裹住了的玲珑：边角料中的窍门？

这些：狮、龙、凤、虎；
这些：螭、辟邪、饕餮、麒麟；
这些：驼、龟、熊、蝙蝠……

出于真实或想象的奉献，这些图案
栩栩如生却也许是子虚乌有
它定义了一种标准，以至于我们认为

这些都是真实的回声，面目狰狞者
被慈眉善目的表情越俎代庖
轻盈的一枚，能够替代我们说出？

为了能够辨别出时间里的迷失
这些图像的地址，被刻刀所迷惑
让我们得以说出它们幽暗的影子

一个名称的镌刻，就像我们

在这俗世中携带着自身的符号

从事物的形状里捕捉到那些稍纵即逝

2022 年 1 月 4 日

过 河

踟蹰着，也就是这么一个片段
已经融入对岸的那片密林
哦，不，已是此岸。白鹭飞起
但并不是驭鸟而行：我走近，它飞起

这广阔时代的夜景，需要
从这一端往回看，像是无法修复的底片
背景模糊？带着往昔的遗址和风
从回忆的视野里辨认出枯萎之花？

随河水而来，但有船才可渡过
（有人喜欢在月光下的游泳
像是古老之物从水底苏醒过来）
如今一座桥改变这想象的空间

它从虚到实，却也从实返虚
我将放弃描述这城市轮廓的勇气
如果这密林已经是被驯服的影子
没有人会惊讶那造作中的咆哮

2022 年 1 月 28 日

夏山高隐图

行吟屐齿肥，树色丽四野。

——元鹏

且卧着，与这岩石浑然一体
蝉鸣和鸟啼蜿蜒在绵长的山阴之下
微风此刻，蝴蝶翩跹
但我被更多的云翳所困扰
像是有些衰颓了的泉水，依然
把蝴蝶翅羽的振动当作了望远镜

出山去？呵，不！
我只是听那翅膀颤抖时小小的风声
它压住了世事那一场滂沱
这风能够传递到遥迢的城池
那里有着面具、枪械和嘈杂的市嚣
有着巍峨城墙不能阻挡的飞蛾

夏日悠悠如罅隙中的葳蕤之草
能够拔节而出，混沌中

有些在睡意中能让人聆听到的纯粹

草鞋就是远方？托住了日渐惭愧的肉体

和这渐暮山色有着一致的趋势

能够稳居于此，鼾声幽暗如石径

2022 年 2 月 27 日

渔庄秋霁图

江城风雨歇，笔研晚生凉。

——倪瓒

素手弄鱼羹？我愿意看着江水
被稀疏的风带动到远天一色
沉溺于秋光，仿佛鸿雁化为了水边柳

镜子里相互地觊觎：长亭
复短亭，老了，秋色能否转换为春韵？
似乎就是出神了那么一会

它无限澄澈，低声训诫着我
像是生活中的小窍门，有人推敲
也有人负手走过，每当繁花飘零

但秋越高，穹顶压得就越低
尖锐的部分钝去在树叶的碰撞中
在碰撞里取暖，或在碰撞里拥有虚无之蜜

我们收获了风。获，又无所获
直到暑气消散，秋凉能够感受到车辙上的泥泞
一只顽固的蟋蟀等待着白露弥漫

呵，这空置着的陌生地
会有驿卒无意间送达前线的马蹄
人间的暗语，不过是摸到了这水凉

2022 年 2 月 28 日

采野菜考

一

水芹菜与毒芹有着相似的枝叶，就像蜜蜂
和某种果蝇：我们看到事物的外表
仿佛那就已足够，对一种认识的偏执
猜一猜那些乌云之后是否会有雨意？

掐断，或掘出它们的根，在向阳
而临水的坡地上，它们在苏醒中葳蕤
古老的活力？绿色的马？风的驾驭者？
像是此刻我想，为什么没有被广泛种植？

难以理解的迷途，这些美味席卷过舌尖
但并不值得沉溺？看见那些人，她们采完了
这片地，低头努力寻觅，双手翻飞如琴键
在隐形中呈现季节躲藏着的全部？

也许当我们习惯于这微微的苦涩，它的汁水
束缚着那高蹈之焰火，于是让它们沉没
一场战争，勾勒生活里部分的意义

部分没有意义，但我们也毫无办法

就像它们，既无怜悯之心，又立锥于
这万物喧哗的城市边缘。展开着的声音
是因为它不得不出声，时间呈现了它们
以这种卑微的姿态进入我们的寻常

二
带有陡峭的心，占据这景色里
微不足道的那一面
如果不能采撷，也许我们无法说出

这些水边的，树梢上的，或者在幽暗角落里
被忽略着的：奇妙的发现，而非发明。

因为它们早在节气里上升，像疯狂的薄荷
蔓延在它能够攀缘到的土地上：绿色的老虎

这无所畏惧的绿，在蓬勃间能够替代
那些枯萎而仰望圆月的。一个空缺？
蛇和四脚蛇绝无相似，但都巡逻在草丛间

认出它们，这些符号，被鸟雀啄食

春天的动力？或者仅仅来自一种得到

三

这些餐桌上的偶尔之物，缺席
我们的日常。但不能构成遗憾，并非必须
它们的绿色根植在春天的波澜里

荠菜、马兰头……匮乏时代的蜃楼
我听到有人谈论瀛洲的消息
遥远，几乎缥缈，勾勒出我们的想象

能够辨别的都来自经验，就像大片的
苜蓿，铺陈这春天的流水席
鸟鸣、虫叫，以及视野所及的锦绣

打不到实处的拳头？出于某种轨迹
爱它就是采摘了它，把它化作我们身上的
一部分：虚无，或者是黑暗的那一些？

四

这短暂和恍惚的餐桌时间，它们
好像成为盛宴不可或缺的部分。

精心处理，当它们具有普遍的意义
枯山水占据这庞大桌子的中央

山色遥看，丘壑浮沉
模拟着的环境或能让我们喜悦

能够落到胃里的，是春天？
也许是大地幽暗不明的滋味

那些潜藏着的，那些被忽视的
踩在脚下但倔强冒出来的，我们

稍纵即逝的马：我们的镜子
移情于这样模糊的名字，我们吞咽下

这馈赠。我们享受了青春、激情和混乱
但迟缓于那个滞留中蝴蝶翅羽的开启

五
一场迟到的雨后它们恢复了
彬彬有礼的模样：从干旱的图景里
脱颖而出，迟疑？直到它们抖擞着
那绿意盎然的馨香，剪刀若有若无

但并不特别，如果在果腹和选择之间
我们需要找到一个克制着的欲望
贪婪、虚荣，赋予事物可能的冲动
分门别类，只是为了能够更好地觊觎

即使是鸟雀也不曾眷顾它们，它们
有自己的舌尖。那肤浅的口感，遵从于
天性里的挖掘，而我们创造出这样的食谱
抛弃那些晦涩之物，让它们变得澄澈

呵，服从于我们的火——
听到它们，这席卷了世事的苦涩
打开它们，这偏离了命运的车辙
咀嚼它们，这脱离了肉身的幻觉

沟渠之水能够洗涤它吗？咫尺的泥土
能够恢复这尘埃里微弱的咆哮
一部分的它来到我所缺席的生活
采摘，为了空出大地，空出我们自己

2022 年 4 月 6 日—4 月 16 日

来到农庄

赞美那些弯腰的劳作？我持续了
这漫长的模仿，其实非常短暂
并没有汗水滴落，但身体里
有着这片土地的肥沃和贫瘠
此时时日过半：似乎都是慢的
那群鸡中，混杂着几只觅食的鸭
而几只羊懒洋洋地在远处低头啃草

再远处，是一座浮萍飘散的水塘
再遥远一点的地方是盘旋的公路
疾驰的汽车像是远古的生命，我们
像是秘密的携带者。卑微、无力
为这些景色所欣喜，直到
深入风景的深处变成它的一部分

那只昂首阔步的雄鸡，将会是
晚餐时的佳肴。而羊只是冷漠地看着
与它们无关？甚至那些鸡鸭
也很快安静下来，仿佛还是最初时的完整

不曾缺少，也不曾相互嬉戏过。
我们会赞美，会用舌尖体验这个
农庄的丰厚，但大抵很快就会遗忘

这偏僻之隅，浮生里的一日
让那些在大呼小叫中的孩子睁大了眼
想必他们能够体验到空无之蜜的
折磨：晒得黝黑的皮肤，数日后
也许会有一次蜕皮的经历
但很快就会遗忘，抵达我们记忆的幽深处

陌生产生的愉悦，和其他的
很多事一样。是蓬藁还是树莓？
或者能够用欢快的口气述说那一树繁花
过不了多少时间它们将会辗转成泥
而我们消磨了一个下午，炽热的夏日
就要被夜色所束缚。睡下后
如果传来的声音增加了更多寂静
星辰和黑暗共同向我们汹涌

2022 年 5 月 8 日

厨 师

为素不相识者烹饪，掌握火候
和口味。众口难调？不，我固执于自己的

技艺：就像肉的厚薄、鱼的大小
或者搅拌着那些叫不出名字的调料

味蕾里的天堂，在油盐酱醋中
拼出我们缤纷而单调的生活日常

火的阴影扩展，如果果腹之物
能够雕琢出让人惊讶的滋味

当简简单单的食材，用清水
串联出那些冷和热，那些欢喜和厌倦

那么装一碗米饭，在无人看见时
给予他秘密的营养，如何去满足那些食客？

2023 年 1 月 20 日

食　客

食不厌精，还是居有竹？
有时这，有时那，非常容易的选择
享受这短暂的停留：在唇齿之间

用落日的余温驱遣血液中的凉意
吞咽能够给予愉悦的食物
味觉、视觉、嗅觉，以及它们的口碑

它们最终是一种转换，成为身体中
那一勺菲薄的盐，或者是
一撮挑逗着我们的糖：甜蜜的翅膀

当地域形成了它们的谱系
在一代代口中被传唱成乡愁
在改变，在吸收，也在抛弃

2023 年 1 月 21 日

菜　谱

谁将赴宴？落座于圆桌之侧
将围成一圈，这些不同身份的人

一道道菜肴排出，营养的均衡
令人垂涎的口感，明确了是哪些食材

生与死都是寻常事：动物的阴影
植物的喧哗……对于它们，我们就是暴君

蝴蝶翅膀小小地扇动改变不了什么
如果成为这菜单上的一部分

那么终将经过这道窄门，分门别类
送入那些赴宴的人口中，喜欢或者厌恶

我接受芥末席卷出舌尖的陡峭
它们的黑暗能够照出我们的影子

2023 年 1 月 23 日

芥 末

火烧着了我，从口腔，到喉咙
再到肠胃，它周游于身体的角角落落
挖掘出来的感觉，肺腑里的烧灼感

但渐渐麻木，渐渐习惯于
这种突然提起来的焦点，像是穿越过隧道
一束出现的亮光在既定的视野里

它是风景的开阔？薄如蝉翼的生鱼片
因为它的加持却变得如此厚重
轻和重，能够把一片大海披覆下来

这微蓝的调料。配角。主演的出场
光彩熠熠，三文鱼、金枪鱼、象鼻蚌……
它俯瞰于一种大海的广袤：针尖的眩晕

如果我们集中于这样的
拼贴，花样翻新的舞台，掩盖了
海风隐约的腥味：和我们交换这狂暴

2023 年 2 月 21 日

李郁葱

1971 年6 月，生于余姚，中国作家协会会员，现居杭州。
1990 年前后开始创作，文字见于各类杂志。
曾获《人民文学》创刊45 周年诗歌奖、《山花》文学奖、
《安徽文学》年度诗歌奖、李杜诗歌奖等。

诗集
《岁月之光》
《醒来在秋天的早上》
《此一时 彼一时》
《浮世绘》
《沙与树》
《山水相对论》
《盆景或花的幻象》

散文集
《盛夏的低语》
《江南忆，最忆白乐天》
《不须开口问迷楼》
《溪山无尽》
……

有度文化

北岳好书

重返明天

出品人	郭文礼	选题策划	左树涛	责任编辑	左树涛
复审	马峻	终审	古卫红	书籍设计	张永文
印装监制	郭勇	项目运营	有度文化·刘文飞工作室		

投稿邮箱 | liuwenfei0223@163.com

微　博 | http://weibo.com/liuwenfei0223　　微信公众号 | YOUDU_CULTURE